부디 그녀가
죽을 수 있기를

기유나 토토 장편소설
박주아 옮김

부디 그녀가
죽을 수 있기를

차례

제1장

내가
웃게 해줄 테니까

"좋아해요. 괜찮다면 저랑……."

그녀의 고백을 받고 마리야 나쓰키가 가장 먼저 떠올린 감정은 곤란함이었다.

그녀가 싫은 것은 아니었다. 그녀는 착하고 예쁜 연상의 여성이었다. 고백을 받은 곳이 나쓰키가 일하는 바 앞이긴 했지만, 오늘은 영업이 끝났고 점장도 이미 퇴근했기 때문에 딱히 문제될 건 없었다.

"저기… 음……."

"마리야 군은 저 어때요…?"

정성껏 화장을 하고 온 그녀는 이 바를 찾는 단골손님

중 한 명이었다. 아까 계산을 마치고 돌아간 줄 알았는데 가게 앞에서 나쓰키가 나오기를 기다리고 있었다고 했다.

나쓰키를 올려다보는 눈동자가 수줍어 보였다. 자신을 좋아해주는 사람이 있다는 건 기쁘고 감격스러운 일이지만, 그 마음을 받아주는 것은 별개의 문제다.

나쓰키는 유니폼의 넥타이를 다시 조이고 옷매무새를 매만지며 심호흡을 한 뒤 대답했다.

"죄송합니다. 정말 너무 감사하지만 제가 좋아하는 사람이 있어서요…….".

금방이라도 울 것 같은 그녀의 표정을 보니 나쓰키의 마음도 좋지 않았다. 그리고 어쨌든 이건 거짓말이었기 때문이다.

"아, 그렇구나…….".

나쓰키는 끝내 그녀에게 미소를 지었다.

"하지만 사쿠라코 씨처럼 아름다운 분이 좋아한다고 해주셔서 기뻐요. 이런 말을 하는 것도 이상할지 모르지만, 사쿠라코 씨라면 얼마든지 저보다 좋은 남자 만나실 거예요."

이것은 그녀를 위로하기 위한 말이기도 했지만 나쓰키의 진심이기도 했다. 사쿠라코는 정말 예쁘고 인기도 많으니 대학생인 자신보다 더 건설적인 연애 상대가 있으리라 생각했다.

"마리야 군은 언제나 다정하네요."

"그렇지도 않아요. 하하……."

이런 말을 주고받으며 몇 분이 흘렀고, 나쓰키는 겨우겨우 그녀를 배웅했다. 상냥하고 친절한 미소를 지으며 "늦었으니까 조심해서 돌아가세요."라는 말도 했던 것 같다.

나쓰키는 'CLOSE' 팻말을 문에 걸고 다시 가게 안으로 돌아왔다.

"후……."

숨을 한번 크게 내쉬고 마음을 가라앉혔다. 왠지 미안한 마음도 들었지만 어쩔 수 없는 일이었다. 나쓰키는 정신을 차리고 청소를 시작했다. 바닥을 쓸고 카운터를 닦고 잔을 씻었다.

그때 묵직한 문이 열리며 누군가 가게 안으로 들어왔다.

검은 고양이였다. 검은 고양이는 야옹, 하고 울었다. 만약 바 안에 나쓰키가 아닌 다른 사람이 있었다면 그렇게 들렸을 것이다. 하지만 나쓰키는 그의 말을 알아들을 수 있었다.

"나 아까 다 봤어. 나쓰키, 인기남이네~"

"못 본 걸로 해줘."

나쓰키는 '로코'라는 이름의 검은 고양이에게 대답했다. 로코는 가게 앞 나무 위에서 자는 줄 알았는데 깨어있었던 것이다.

"그 여자가 나한테 육포를 준 적이 있어서 그런지 마음이 좀 아프네."

야옹, 야옹, 로코는 계속해서 말을 걸어왔다. 이 검은 고양이는 나쓰키가 어렸을 때부터 함께 해왔지만, 가끔 귀찮게 군다.

"너는 해마다 인기가 많아지는구나."

로코의 말에 나쓰키는 움찔했다. 확실히 로코의 말이 맞다고 생각했기 때문이었다. 나쓰키는 어릴 적부터 주위 사람들에게 한결같이 잘하려고 노력해왔다. 밝고 친절한 모습으로, 상대방도 편하게 느끼도록 농담을 하거나 장난을 치면서. 그래서 초등학생 때부터 남녀를 불문하고 주변 사람들은 나쓰키를 좋아했다. 그리고 중학생이 되면서부터는 특히 여학생들의 관심을 받는 일이 늘었다. 고등학교 동창부터 대학 동기, 그리고 오늘은 아르바이트하는 가게의 손님까지.

사치스러운 고민이라는 것은 알고 있지만 곤란한 면도 있다. 누군가를 실망시키는 건 마음이 좋지 않으니까. 하지만 지금은 검은 고양이와 이런 이야기를 할 기분이 아니었다.

"들어오지 마. 털 날리잖아."

"앗, 미안. 근데 이제 퇴근할 시간이잖아. 나 배고프다고."

로코는 앞다리를 들고 그렇게 호소했다. 나쓰키가 일하는 동안 밖을 어슬렁거리며 낮잠이나 잤으면서 거드름을 피웠다.

"빨리 가자. 오늘은 딱딱한 사료 말고 촉촉한 캔이 먹고 싶다고."

로코의 독촉에 나쓰키는 잠시 생각했다. 확실히 지금은 꽤 늦은 시간이고, 나쓰키도 내일은 1교시 수업을 들어야 한다. 게다가 오늘은 점장이 집안 사정으로 일찍 퇴근했기 때문에 가게 안에는 지금 나쓰키와 로코밖에 없다.

어쩌다 한 번이니까, 괜찮겠지.

"알았어. 근데 청소 마법이 오랜만이라 잘될지 모르겠네."

나쓰키는 이렇게 대답하고는 잠시 정신을 집중한 뒤 '치우자.' 하고 마음속으로 되뇌며 가볍게 손가락을 튕겼다.

그 순간, 나쓰키의 손가락 끝에서 희미한 빛이 새어 나왔다. 그 빛이 지나가자 바 카운터는 반짝반짝 깨끗해졌고 개수대에 쌓여 있던 잔도 깨끗하게 닦여 선반에 정리되었다. 걱정했던 것보다는 잘된 것 같았다.

"음, 나쓰키… 바닥 청소가 안 됐어."

바닥을 보니 로코의 말대로 마법의 효과가 바닥까지 미치지는 못한 듯했다.

"저런, 요즘 마법사들 수준이란… 기적을 일으키던 그 시절이 그립네."

로코는 거만한 얼굴로 말했지만 나쓰키는 자신이 초등학생일 때 로코는 그저 새끼 고양이에 불과했다는 걸 알고 있었다. 그래도 나쓰키는 적당히 맞춰주며 대답했다.

"이 정도면 괜찮잖아, 지금은 더 편리한 게 있고."

나쓰키는 가게 안 한쪽에 설치된 로봇청소기를 가리켰다.

요즘은 굳이 마법을 쓰지 않아도 되는 시대였다. 목이 마르면 자판기에서 음료를 뽑아 마시면 되고, 옷이 더러우면 세탁기에 넣고 돌리면 된다. 음료를 만들거나 옷을 세탁하는 마법을 배우는 것보다 훨씬 쉽다. 그리고 그런 방법은 다른 사람에게 거부감을 주지도 않는다.

"저런 건 뭐랄까… 너무 대놓고 속물적이어서 신비로
움이 없달까. 자고로 마법사란……."

"네네~ 알겠습니다~"

로코의 말을 무시하고 나쓰키는 로봇청소기를 켰다.
이거면 바닥 청소는 끝이다.

"가자, 로코."

나쓰키는 문단속을 마치고 로코를 가방에 넣었다. 그
리고 근처에 세워둔 자전거를 타고 달리기 시작하자 로코
는 금새 잠잠해졌다. 역시 고양이들은 빨리 잠드는 모양
이었다.

"요즘 마법사란… 말이지."

나쓰키는 페달을 밟으면서 로코가 했던 말을 곱씹었다.

마리야 나쓰키는 반쪽짜리 마법사였다. 그것은 나쓰키
집안의 문제이기도 하지만, 현대사회라는 특성과 나쓰키
의 가치관의 문제이기도 했다. 그리고 그것이 앞으로 바
뀔 일은 없을 거라고, 대학교 2학년이 된 마리야 나쓰키
는 생각했다.

*

　나쓰키의 생활권은 쇼난이라는 지역이다. 대학도, 집도, 그리고 아르바이트하는 바 '더 보디스'도 그곳에 있다.

　더 보디스는 조금만 걸으면 에노시마 전철을 볼 수 있는 해안가에 자리 잡고 있어, 바다를 보는 걸 좋아하는 나쓰키는 오가는 길에 바다를 바라보곤 했다.

　오늘도 마찬가지였다. 굶아떨어진 검은 고양이를 넣은 가방을 멘 채 자전거를 몰고 바닷가를 달렸다. 늦은 시간이다 보니 거리는 조용했고 잔잔한 파도 소리만 들려왔다. 신기하게도 아무 소리도 안 들리는 곳보다 더 조용하게 느껴지는 밤바다였다.

　바다란 모름지기 푸른 하늘 아래서 반짝이는 것도 예쁘지만, 별빛이 비추는 밤바다도 나쁘지 않다. 그런 생각을 하며 달리고 있을 때, 나쓰키는 모래사장에서 낯선 무언가를 발견했다. 중심을 잃지 않는 선에서 곁눈질로 바다를 바라보다가 그 이질적인 형체를 다시 한 번 확인하고 자전거를 멈췄다.

　"…저게 뭐지?"

　'형체'라고 표현한 그것은 자세히 보니 사람이었다.

몸집이 작은 누군가가 모래사장에 쓰러져 있었고 그 옆에는 삼각대 같은 것이 세워져 있었다. 도대체 무슨 상황이지?

로코를 깨워 물어볼까 싶었지만 그만두었다. 만약 근처에 다른 사람이 있다면 고양이에게 말을 거는 수상한 남자로 보일 게 뻔했기 때문이다. 그렇다고 쓰러진 사람을 그냥 두고 갈 수도 없는 노릇이었다.

나쓰키는 자전거를 한쪽에 세워두고 핸들에 가방을 걸어놓은 채, 가드레일을 뛰어넘어 모래사장으로 내려갔다. 가까이 다가가자 쓰러져 있는 사람이 여자라는 것을 알아볼 수 있었다. 이런 한밤중에 혼자 나와 있는 것도 위험한데 무방비 상태로 쓰러져 있다니. 다쳤거나 아파서 의식을 잃은 것일 수도 있었다. 그렇다면 구급차를 불러야 했다.

나쓰키는 걷기도 힘든 모래사장을 겨우 달려가 여자에게 말을 걸어보았다.

"저기요, 이봐요!"

어깨를 잡고 흔들어봐도 반응이 없어 깜짝 놀랐지만, 곧 규칙적으로 숨을 쉬는 그녀를 보고는 안도했다.

"뭐야… 자고 있잖아……."

흰색 원피스 차림의 그녀는 아파 보이는 기색도 없고

어디가 다친 것 같지도 않았다. 바닷물에 젖지도 않았고, 자는 얼굴은 편안해 보이기까지 했다.

또 동시에 깨달았지만, 나쓰키는 이 여자를 알고 있었다. 어디까지나 스치듯 본 게 전부이긴 했지만.

찰랑거리는 연갈색 머리카락, 도자기처럼 매끄럽고 하얀 피부, 가는 목과 어깨. 마치 인형 같았다. 하지만 나쓰키가 그녀를 알고 있었던 것은, 이런 외모 때문이 아니었다. 외톨이, 독설가, 이상한 여자, 결코 누구와도 어울리지 않는 사람. 그녀는 나쓰키가 다니는 대학교에서 그렇게 불리는, 같은 학년의 여자아이였다. 확실히 그녀는 대학에서 다른 의미로 눈에 띄는 존재였다.

"흐음… 쩝…….."

그러나 이런 시간에 이런 곳에서 자는 것은 역시 걱정이 되었다.

"이봐, 이런 데서 자면 위험해."

조심스레 그녀의 어깨를 흔들어보았다. 쓰러져 있는 여자에게 추잡한 짓을 하는 남자로 오해받지 않을까 하는 걱정도 들긴 했지만 어쩔 수 없었다.

몇 번 더 흔들어 깨우자 그녀가 눈을 떴다. 눈꼬리가 살짝 올라간 큰 눈은 고양이 같은 인상을 주었다. 사람을 따르지 않는 고양이.

"너… 뭐야?"

잠에서 깬 그녀는 나쓰키를 물끄러미 바라보며 대답했다. 목소리는 맑았지만 감정이 느껴지지 않았다. 무표정하게 바라보는 눈동자는 구슬처럼 예쁘고 투명했다.

그녀의 표정에서는 감정의 동요가 느껴지지 않았고 평화로워 보이기까지 했다. 별빛과 달빛이 비치는 밤의 모래사장 때문인지 그녀는 마치 신비로운 존재처럼 보이기도 했다.

"아… 노… 놀라게 해서 미안해. 지나가다가 네가 쓰러져 있는 줄 알고……. 그건 그렇고, 괜찮아?"

나쓰키는 물끄러미 자신의 눈을 바라보는 그녀에게 언제나처럼 웃어 보였다. 나쓰키는 평소 남에게 잘 맞춰주는 편이었고 덕분에 친구도 많다. 그래서 그녀와의 대화도 큰 어려움이 없을 거라고 생각했다.

"아, 미안. 나 그렇게 수상한 놈이 아니야. 나는 쇼문* 학생이고……."

"알아."

---

* 쇼난문화대학 줄임말.

그녀는 짧게 대답했다.

"나, 너 알아."

그녀는 나쓰키의 눈동자를 바라보며 변함없이 건조한 목소리로 말했다. 그러나 정색한 듯한 그녀의 무표정이 낯선 나쓰키는 그녀의 눈을 피하고 말았다.

"그렇구나. 너도 쇼문 다니지? 어디서 본 것 같기도 하고……."

두서없이 대답한 나쓰키는 다시 미소를 지어 보였다.

나쓰키는 작년 학교 축제 때 했던 인기투표에서 상을 받은 적이 있었다. 그때의 일 때문에 그녀가 자신을 알지도 몰랐다. 만약 그 얘기를 한다면 "그건 그냥 동기들 장난으로 뽑힌 거야." 라고 가볍게 대답해야겠다고 나쓰키는 생각했다. 하지만 그녀의 다음 말은 예상과는 달랐다.

"애들 앞에서 항상 실실 웃는 애."

쿡, 심장이 찔리는 소리가 들린 것 같기도 했다.

그녀의 말투는 나쓰키를 비난하거나 모멸감을 주는 뉘앙스는 아니었다. 그저 사실을 말하는 듯한 덤덤한 말투였다. 그리고 그 말이 틀린 것은 아니라고, 나쓰키는 생각했다. 나쓰키는 사람들을 웃는 얼굴로 대하려고 하고, 상대가 웃어주는 것도 좋아한다. 그 덕분에 사람들과 두루

두루 원만한 관계를 이어가고 있었다.

'실실 웃는다'고 하면 조금 경박해 보이긴 했지만, '생글생글'과 비슷한 의미일 테니 구태여 기분 나빠할 필요는 없었다. 하지만 왜일까. 웃지 않는 그녀에게 들은 그말은 나쓰키의 깊은 곳을 묘하게 찔렀다.

"아, 어, 그래. 그럴지도 모르지. 아하하."

아하하, 하고 웃을 때 상대방이 같이 웃지 않으면 어색하다는 걸, 나쓰키는 그때 처음으로 깨달았다.

"잠 다 깼어."

그녀는 몸을 일으켜 원피스에 묻은 모래를 털었다.

"아, 응."

"그러니까 괜찮아."

"그렇지만 너무 늦은 시간이어서 말이야… 근데 지금 뭐 하고 있었어?"

"별."

"별?"

그녀는 모래사장에 누워서 하늘을 올려다보고 있었다. 그러고 보니 아까 삼각대라고 생각한 것은 천체망원경이었다. 천체관측을 하다가 여기서 이런 시간에 잠들어버렸다는 것 같았다.

"아, 별을 좋아하는구나."

나쓰키가 가볍게 물었다. 그녀는 다시 한번 이쪽으로 눈을 돌렸다. 깊은 눈동자는 그야말로 밤하늘에 빛나는 별처럼 보였다.

"응, 좋아해."

별을 좋아한다는 뜻이라는 것쯤은 알아들었다. 하지만 나쓰키는 자신의 심장 박동이 조금 빨라진 것을 느꼈다.

사랑 고백으로 착각해서가 아니었다. 단적으로 나온 그 단어에 감정의 빛이 보였다. 내내 무표정하고 무감각해 보였던 그녀에게서 처음 발견한 감정이 나쓰키의 마음 속에 잔물결을 일으켰다.

"그렇구나, 오⋯⋯."

나쓰키는 맞장구를 쳤지만 그녀는 대화를 이어가지 않았다. 특별히 불편해하는 기색은 없었지만 그렇다고 말없이 계속 서 있는 것은 민망했다.

차도 쪽에서 고양이 울음소리가 들렸다. 로코였다. 빨리 돌아가자는 것이었다. 나쓰키도 딱히 여기에 더 있을 이유가 없었다. 하지만 왠지 모르게 떠나기가 싫었다. 이 여자는 어떨 때 웃을까? 어떻게 웃을까? 문득 그런 것이 궁금해졌다.

마법을 선보인다면 그녀는 어떤 표정을 지을까. 이런 생각까지 한 나쓰키는 그런 자신에게 놀랐다. 사람들 앞에서는 마법을 쓰지 않으려 다짐했었기 때문이다.

잠시 고민하던 나쓰키는 결국 자리를 떠나기로 했다. 그녀는 그런 나쓰키 쪽으로 시선을 돌렸다.

"가?"

속삭이는 듯한 그녀의 목소리는 마치 나쓰키를 붙잡고 싶어 하는 것처럼 들렸지만, 나쓰키는 그럴 리가 없다고 생각했다. 어쨌든 그녀는 누구와도 엮이지 않으려는 것으로 유명한 사람이고, 나쓰키는 지금 그녀의 천체관측을 방해했기 때문이다.

"아, 응… 뭔가 미안하네, 놀라게 한 것 같아서."

"뭐 그닥. 됐어."

짧은 대화가 끝나자 그녀는 곧바로 시선을 돌려 천체망원경을 들여다보기 시작했다. 나쓰키도 "그럼, 안녕." 하고 말하고 돌아섰다.

하지만 이내 다시 돌아보고 말았다. 반쯤 무의식적이었다.

"저기, 나는 마리야 나쓰키라고 해! 괜찮다면 네 이름도 알려줄래?"

나중에 생각해도 나쓰키는 이때 왜 자신이 이렇게 말했는지 이해할 수 없었다. 오기 같은 것이었을까, 아니면 이때부터 그녀에게 특별한 감정을 품고 있었던 걸까. 정말 그냥 단순한 호기심이었을까.

　그녀는 천체망원경에서 시선을 떼고 돌아서서 답했다.

　"그런 건 왜 물어봐?"

　"어? 아니, 왜냐면… 그냥, 궁금하니까… 랄까."

　나쓰키는 웃어넘기려 했다. 이 여자애 앞에서 보통 사람들은 웃어넘기는 것밖에 할 수 없을 것 같았다. 하지만 그게 통하지 않아서 불편했다.

　잠깐의 침묵이 지나고 나쓰키가 포기하려던 그때,

　"하츠미 사라사."

　그녀가, 사라사가 아주 작지만 명확하게 들리는, 듣기 좋은 목소리로 대답했다.

　그때 그녀 뒤로 별똥별이 한 줄기 호를 그리며 떨어졌다. 한밤의 해변도, 하늘에서 떨어진 별똥별도, 명확하게 꽂히는 듯한 또렷한 목소리도 그녀와 너무나 잘 어울렸다.

　이것이 마리야 나쓰키와 하츠미 사라사가 나눈 첫 대화였다.

이 것은 마리야 나쓰키가 하츠미 사라사를, 절대 웃지 않는 그 여자를 죽이기까지의 이야기다.

*

조금 이상한 만남이 있었지만 다음날에도 일상은 계속되었다. 학교에 도착한 나쓰키는 자전거 보관소에 자전거를 세우고 손목시계를 봤다. 평소보다 이른 시간이었다. 어젯밤 일 때문에 잠을 설치다 늦잠을 자버려 헝클어진 머리도 정리하지 못한 채 허둥지둥 나왔기 때문에 오히려 평소보다 일찍 도착했다.

이렇게까지 급하게 나오지 않아도 괜찮았을 텐데. 아직 집에서 자고 있을 로코가 부러웠지만, 그래도 모처럼 여유가 있는 건 좋았다.

이곳 쇼난 문화대학은 캠퍼스도 넓고 곳곳에 조성된 수목들도 아름다워 공원 같은 분위기를 풍기는 곳이었다. 봄날 아침, 나뭇가지 사이로 비치는 햇빛을 받으며 캠퍼스를 거니는 건 이 대학 학생들의 특권이라고 할 수 있을지도 몰랐다.

나쓰키는 주차장을 가로질러 법문학부 건물을 향해 걷

기 시작했다. 주차된 차량에 비친 자신의 모습을 보니 영국인 할머니로부터 물려받은 밤색 곱슬머리가 폭탄이라도 맞은 듯 헝클어져 있었다. 하지만 굳이 정리하지는 않았다.

"어? 마리야 군, 안녕~"

"오늘은 일찍 왔네. 훌륭해."

캠퍼스 가운데를 가로지르던 여자 동기들이 말을 걸었다. 나쓰키는 평소 지각만 겨우 면하는 수준으로 헐레벌떡 강의실로 뛰어 들어오는 경우가 많았다. 아침에 일찍 일어나는 게 힘들다기보다 숨을 헐떡이며 강의실로 들어와 앉을 때 교수님께 가볍게 혼나면서 강의실이 한바탕 웃음바다가 되는 게 싫지 않아 굳이 그 습관을 바꾸지 않았다.

"안녕 얘들아! 오늘은 알람시계 세 개를 희생했어. 1교시인데 일찍 왔다는 게 진짜 대단하지 않아? 완전 어른스럽지!"

나쓰키는 가벼운 어조로 익살스럽게 말했다. 진심인지 농담인지 구분하기 어렵게 말하는 것이 포인트다.

"하하, 아니 일찍 오는 건 당연한 거지. 근데 보통 알람시계를 세 개까지 쓰진 않지 않아?"

"근데 오늘 머리는 전혀 어른스럽지 않은데? 너무 귀엽다! 사진 찍어도 돼?"

그녀들은 깔깔 웃으며 카메라를 들이댔다. 그 표정이나 목소리는 장난스럽고 친근했다.

"아, 진짜? 미치겠다. 잠깐만, 아니 찍지 말라고!"

나쓰키는 화장실로 뛰어들어가 머리 매무새를 다듬었다. 한참 머리 정리를 하고 있는데 언젠가 본 적이 있는 선배가 들어왔다.

"오, 마리야. 1교시?"

"네. 사회학이에요. 진짜 1교시에 필수 강의는 안 넣었으면 좋겠는데 말이에요."

나쓰키는 머리를 다듬고 선배와 나란히 소변기 앞에 섰다. 마음 같아선 한 칸 띄워서 서고 싶었지만 소변기가 두 개밖에 없어서 어쩔 수 없었다.

"하하, 뭔지 알아. 술 마신 다음 날은 진짜 수업 째고 싶잖아."

"맞아요."

"그건 그렇고 이번에 쇼난여대 애들이랑 술자리가 있는데 올래?"

남자 화장실에서 소변을 보면서 나누기에 그럴싸한 주

제였다. 덧붙여 '쇼난여대'는 인근에 있는 '쇼난 페이리스 여자 음악대학'을 말하며, 미인이 많다고 소문난 대학이었다.

"갈게요."

"너 너무 바로 무는 거 아니야?"

"당연하죠! 저번에 얼마나 아쉬웠다고요, 이번에는 꼭 번호도 딸거예요. 저 진지하다고요."

"이열~ 이 녀석, 완전 진심인데? 좋아, 좋아. 너는 생긴 거에 비해 의외로 인기가 없단 말이지. 아무튼 연락할게."

먼저 볼일을 마친 선배는 신이 난 듯 손을 흔들며 화장실을 나섰다. 중요한 건 아니지만, 손은 씻지 않은 것 같다.

"미팅 참 좋아하네, 저 선배도."

나쓰키는 혼자 그렇게 중얼거렸다. 여자를 좋아하는 이 선배의 권유로 몇 번인가 미팅을 한 적이 있었다. 나쓰키는 기본적으로 남의 권유를 거절하지 않는다. 그러나 주목적이라고 할 수 있는 여자와의 만남에서 진전이 있었던 적은 한 번도 없었다.

바보 같은 농담을 던지고, 대화를 무르익게 만들고, 재미없어하는 여자가 있으면 대화를 유도하면서 선배 농담에도 웃어준다. 그러나 여자들과 친해지진 않는다. 미팅

때는 일부러 그렇게 하고 있다.

나쓰키에게 중요한 것은 여자와 친해지고 사귀는 것이 아니라 그 자리에 있는 사람들을 즐겁게 하는 것이다. 그렇다고 그런 얘기를 굳이 입 밖으로 꺼내지는 않는다. 이런 얘기는 다들 별로 관심 없을 테니까.

나쓰키는 손을 씻고 화장실을 나왔다. 헝클어진 머리 이야기도, 미팅 이야기도 로코가 들었다면 어이없다는 표정으로 싸늘하게 쳐다봤겠지. 늘 있는 일이다. 하지만 자신은 원래 그런 놈이니까 그걸로 괜찮다고 나쓰키는 생각하고 있었다. 누구에게도 폐를 끼치지 않았으니까.

화장실에서 나온 나쓰키는 강의실에 도착할 때까지 세 명의 지인을 웃게 했고 강의실에서는 옆자리에 앉은 모르는 남학생과 말을 텄다.

마리야 나쓰키의 일상은 늘 그랬다.

*

오전 강의를 마친 나쓰키는 동기들이 점심 먹자고 하기 전에 빠르게 강의실을 나와 학생식당으로 향했다. 이는 나쓰키에게는 드문 일이었는데, 왜 그랬느냐고 묻는다면 어제 그 여학생이 궁금했기 때문이라고 답할 것이다. 사실 강의실로 이동할 때도 같은 이유로 평소보다 많이 두리번거렸다. 학생식당은 북쪽과 중앙, 두 곳 있었는데, 나쓰키가 간 곳은 중앙 쪽이었다. 점심시간의 학생식당은 여느 때처럼 혼잡했다. 나쓰키는 메뉴를 정하기 전에 식당을 한번 쓱 둘러보았다. 거기에는,

"…역시."

지금 막 창가 자리에 앉은 여자, 어제 해변에서 만나 이름을 알게 된 하츠미 사라사가 있었다. 나쓰키는 여기서 밥을 먹는 그녀를 몇 번인가 본 적이 있다. 항상 혼자서 말이다.

학생들은 대개 친한 친구들끼리 모여 점심을 먹는다. 그래서 이 혼잡한 학생식당 속에서 앞자리도 옆자리도 비어 있는 그녀는 오히려 눈에 띄었다. 다들 어수선한데 그녀의 주위만 평온해 보였다.

이렇게 누군가를 신경 써서 찾은 건 처음이었지만, 나쓰키는 자신이 왜 그러는지 생각하지는 않았다. 게다가 애초에 그녀를 찾아서 어쩌자는 건지도 알 수 없었다.

하츠미는 조금 떨어진 테이블의 여자들이 손가락질하며 귓속말을 하는 것도 신경 쓰지 않는 것 같았다. 혼자

서도 손을 모으고 "잘 먹겠습니다."라고 말한 듯했고, 그 후로는 묵묵히 밥을 먹고 있었다.

　주위에서 이런 반응이 나올 정도면, 일반적인 고등학생이나 대학생은 혼자 밥을 먹는 게 부끄럽다고 느낄 법도 했다. 나쓰키만 해도 학교에서 따돌림받고 무시당하던 어릴 적에는 혼자 급식 먹는 것을 좋아하지 않았다.

　하지만 그녀는 그런 것을 개의치 않는 것 같았다. 그 모습은 모종의 도도함을 느끼게 했지만 하츠미의 어깨는 아주 작아 보였다.

　"음…….."

　서로 자기소개도 했으니 가볍게 인사하는 정도는 문제가 없을 것 같았다. 게다가 하츠미의 옆자리를 제외하면 빈자리가 보이지 않았다.

　나쓰키는 가장 빨리 나오는 메뉴인 카레를 주문한 뒤 식판을 들고 하츠미 옆으로 다가갔다.

　"여기 앉아도 돼?"

　하츠미가 고개를 들었다. 큰 눈동자와 긴 속눈썹, 붉은 입술, 이렇게 밝은 곳에서 보니 그녀는 생각보다 더 앳되어 보였고 생각보다 훨씬 더 예뻤다.

　하츠미는 그가 방금 무슨 말을 했는지 몰랐던 듯 잠시

어리둥절한 표정을 짓더니 주위를 둘러보다가 그제야 고개를 끄덕였다. 어딘지 모르게 작은 동물을 연상시키는 움직임이었다.

"음……."

"응."이라고 알아들은 나쓰키는 애써 웃는 얼굴로 대답했다.

"고마워."

하츠미의 맞은편에 앉은 나쓰키는 그녀가 생선구이 정식을 먹는 모습을 보았다. 생선 뼈를 능숙하게 발라내고 먹는 모습마저 예뻐 보였다.

"어제는……."

나쓰키는 말을 이어나갈 생각으로 운을 뗐지만 하츠미는 무반응이었다. 나쓰키는 당황했지만 그녀가 의도적으로 무시한 것은 아닌 것 같아 다시 말을 걸었다. 최대한 유쾌한 표정과 밝은 목소리로.

"하츠미?"

하츠미는 한 박자 늦게 나쓰키에게로 시선을 돌렸다. 역시 자신에게 말을 걸었다고 생각하지 않았던 것 같았다.

"왜? 뭐 할 말 있어?"

항상 혼자 있어서 주위에서 이런저런 말을 듣지만, 감

정을 내보이지 않고 별이 빛나는 밤하늘을 바라보다가 혼자 해변에서 잠들어버리는 여자. 그런 인물은 나쓰키는 한 번도 본 적이 없었고, 도대체 어떤 사람일까 궁금해졌다. 근데 그런 마음을 솔직히 말하면 믿지 않을 것 같았다. 보통 남자가 여자에게 관심을 보이고 말을 걸면, 그 배경에는 연애 감정이 깔렸다고 생각하기 때문이었다.

"딱히 할 말이 있는 건 아니지만… 저, 혹시 나 기억나?"

"기억나. 마리야 나쓰키."

'항상 실실 웃는 애'라는 표현보다는 훨씬 듣기 괜찮았다. 그러나 대화는 그것으로 끝났고 하츠미는 생선 뼈를 발라내기 위해 다시 고개를 숙였다.

"성까지 붙이지 않아도 돼. 그냥 나쓰키라고 불러줘."

"알았어, 나쓰키. 나한테 볼일 있어?"

"딱히 볼일이 있는 건 아니지만… 아, 그거 맛있어?"

그녀의 날선 질문에 나쓰키는 대충 쓸데없는 질문으로 맞받아쳤다. 나쓰키도 그 생선구이 정식이 맛없다는 것은 알고 있었다. 쇼분의 학생식당은 싸구려만 팔았고, 나쓰키가 주문한 카레 역시 '카레 맛 양념이 뿌려진 건더기 없는 카레라이스'라는 야유를 받는 메뉴였다.

실수했다. 나쓰키는 순간 그렇게 생각했지만 하츠미는

턱에 손을 얹었다. 깊은 생각에 잠기더니 잠시 후 결론이 났는지 고개를 들었다.

"음… 맛있지는 않아."

"아, 그렇지. 학식이니까."

"음."

나쓰키의 민망한 웃음 뒤에 하츠미는 대답을 하기는커녕 고작 한마디 맞장구로 끝냈다. 20초 만에 두 번이나. 이것으로 대화는 정말 끝이었다.

둘 사이에 어색한 공기가 흘렀다. 그렇지만 그 공기를 신경 쓰는 건 나쓰키뿐이었다.

만약 이 생선구이가 어느 유명 맛집의 일류 쉐프가 구운 아주 맛있는 음식이었다면 그녀는 미소를 지었을까. 도무지 상상이 안 갔다.

두 사람 사이로 드리운 침묵. 어색했다. 나쓰키는 아직 카레에 손을 대지도 않았다. 어떻게 할까 고민하던 나쓰키는 한 가지 생각이 떠올랐다. 그거라면 그녀의 표정 변화를 볼 수 있을지도 몰랐다.

기본적으로 사람들 앞에서 마법을 사용하는 것은 피해온 나쓰키였지만, 때에 따라서는 분위기를 띄울 목적으로 가끔 선보이기는 했다.

"자, 이거 한번 봐봐."

나쓰키가 말을 걸자, 하츠미는 일단 시선을 돌렸다. 동시에 나쓰키는 자기 손가락 끝에 집중해 마법을 걸었다.

"얍!"

사실 기합을 넣을 필요는 없었지만, 가끔은 이런 연출이 필요했다. 그러면서 나쓰키는 손바닥 위에 올린 숟가락을 구부려 보였다.

"……."

하츠미는 구부러진 숟가락을 가만히 바라보았다. 나쓰키는 그녀의 시선을 받은 것을 확인하면서 숟가락을 카레 접시에 놓고, 이번에는…….

"이얍!"

호들갑 떨며 익살맞은 목소리를 냈다. 그러자 휘어져 있던 숟가락이 다시 일자로 펴졌다.

그 모습을 바라보던 주위 테이블에서는 작은 함성과 박수가 터져 나왔다.

"오, 대단해! 마술도 할 줄 아는구나. 마리야 군은 재주가 많네."라는 소리도 들려왔다.

나쓰키의 숟가락 구부리기는 속임수도 특수 장치도 없는 순수 마법이지만 워낙 유명한 마술이기 때문에 사람들

은 흔히 마술이라고 생각했다. 그래서 나쓰키도 이 마법만은 자주 사용했다. 그런데,

"카레 식어."

하츠미의 반응은 예상보다 신랄했다.

"실패구나."

"뭐가?"

말하면서 테이블에 엎드린 나쓰키에게 하츠미는 고개를 갸웃거렸다.

다시 고개를 들어 그녀를 보고야 깨달았다. 그녀는 일부러 차가운 말을 내뱉은 게 아니라 단순히 흥미가 없었던 거라는 걸. 물론 결과적으로는 신랄하게 들려서 당혹스럽긴 했지만.

"…왠지 미안하네."

"별로. 신경 쓰지 마."

그녀와의 대화는 또다시 한마디 주고받는 것으로 끝이 났다. 나쓰키는 포기하고 카레를 먹기 시작했다.

스물한 살 남자가 카레를 먹는 속도는 동갑내기 여자가 생선구이 정식을 먹는 속도보다 월등히 빨랐다. 밥도 다 먹은 마당에 더 앉아 있을 이유도 없어 나쓰키는 일어섰다.

"잘 먹었습니다. 그럼 난 먼저……."

일어서고 나서야 나쓰키는 하츠미가 무릎 위에 아주 두꺼운 책을 펼쳐놓고 있다는 것을 알게 되었다. 그녀의 작은 가방에는 들어가지도 않을 만큼 두꺼워 보이는 책이었다.

"그건 무슨 책이야?"

나쓰키의 물음에 하츠미는 무릎에 놓여 있던 책을 얼굴 높이까지 들어 보였다. 지금까지 없었던 반응이었다. 책 위로 그녀의 눈만 살짝 드러나 있었다.

"음."

나쓰키는 이것이 천문학이나 별자리 관련 책이 아닐까 생각했지만 실제 제목은,

"『세계의 웃음폭탄 유머집 100선』…?"

예상치 못한 제목에 나쓰키도 순간 당황했다.

"그거… 진짜 읽는 거야…?"

격앙된 목소리로 하나마나한 질문을 한 나쓰키에게 하츠미는 고개를 끄덕였다.

"응. 홈쇼핑에서 샀어."

그녀에게서 부끄러워하거나 민망해하는 기색은 보이지 않았다. 여전히 무표정이었다. 그 표정에서 책 제목과

의 엄청난 괴리감이 느껴졌다. 책 뒤표지에 표시된 정가는 무려 7,500엔. 꽤 비싼 책이었다.

"하하, 그런 거 좋아하는구나?"

달리 어떻게 말해야 할지 몰라 나쓰키는 그렇게 물었지만, 하츠미는 다시 휘휘 고개를 저었다.

"그냥… 이걸 읽으면 웃을 수 있지 않을까 싶어서."

눈을 내리깔던 하츠미가 들릴 듯 말 듯한 목소리로 어딘가 쓸쓸하게 중얼거렸다. 그 순간에 나쓰키는 어딘가, 명확하게 어디라고 말할 수 없는 몸의 어딘가가 꽉 조여드는 듯한 착각에 사로잡혔다.

"조금 읽어봤어. 웃기지는 않았지만."

"그건… 무슨……."

나쓰키는 말을 멈추고 생각했다.

지금 한 말은 무슨 의미일까. '웃을 수 있지 않을까 싶어서'라니? 웃기 위해 7,500엔이나 하는 책을 샀다고…? 처음부터 그녀가 꽤 특이하다고는 생각했지만, 도대체 어떤 사람일까 하는 궁금증이 들었다.

"잘 먹었습니다."

이런 생각을 하는 사이 하츠미는 식사를 마치고 식판을 들고 일어섰다.

"그러면 안녕히 가도록 해."

여대생이 쓰기엔 묘하게 낯선 옛날 말투로 인사를 하고 하츠미는 나쓰키에게서 시선을 돌렸다.

"아, 응."

나쓰키는 할 말이 생각나지 않아 그대로 그녀를 보냈다.

그녀가 말한, '웃을 수 있지 않을까 싶어서.'는 무슨 의미였을까.

"…그렇다는 건."

나쓰키는 황급히 식판을 치우고 학생식당을 나섰다. 학생식당 앞에는 가로수길 교차로가 있었고, 그 교차로를 따라 각 학부 건물이 줄지어 있었다.

어디로 갔지? 나쓰키는 그녀를 찾아 가로수길을 빙글빙글 돌다가 마침내 하츠미의 모습을 발견했다.

작은 가방을 메고 폭소 어쩌고 하는 그 책을 가슴에 안은 채 등을 펴고 터벅터벅 걷고 있는 그녀. 나쓰키는 나뭇가지 사이로 드리운 햇빛을 받으며 걸어가는 그녀를 향해 달려갔다.

"잠깐만."

"……"

그녀는 돌아보았지만 대답은 없었다. 그녀의 푸르스름

한 눈동자가 나쓰키를 물끄러미 바라보고 있었다. 나쓰키
는 흐트러진 호흡을 가다듬고 입을 열었다.

"저기……."

"응."

나쓰키는 말문이 막혔다. 일단 여기까지 쫓아오긴 했
지만 아직 할 말이 정리되지는 않았다. 사람들과 얘기하
는 재주만큼은 타고났다고 생각했는데 어떻게 된 일인지
입을 떼기가 힘들었다.

"음……."

목 뒤쪽을 긁는 것은 나쓰키가 곰곰이 생각할 때 하는
버릇이었다. 하츠미는 쭈뼛거리는 나쓰키를 가만히 기다
리고 있었다. 자연스레 서로를 응시하는 모습이 되었다.
거리를 걷는 다른 학생들이 한 번 쓱 쳐다보며 떠났다.

바람이 불면서 그녀가 입고 있는 롱스커트가 나풀거릴
때 나쓰키가 입을 열었다.

"아까 숟가락 구부리기로 웃기는 건 실패했지만 말이
야……."

"음…?"

그녀는 웃고 싶다는 기대를 안고 그 유머집을 샀고, 읽
었다. 그녀는 웃고 싶어한다. 그렇다면.

그래, 이렇게 말하자. 나쓰키는 겨우 결정했다.

"다른 재미있는 게 생기면 또 말 걸어도 될까?"

나쓰키는 그녀를 웃게 해주고 싶었다.

어렸을 때의 실패 이후, 나쓰키는 누구에게나 웃었고 모두와 친하게 지내왔다. 쭉 그렇게 살아왔다. 하지만 하츠미에게는 통하지 않는 것 같았다. 평소 쓰던 대화 기술이 먹히지 않았고 그녀가 미소 짓는 모습을 상상하기 어려웠다. 그래서 보고 싶었다.

"⋯⋯."

하츠미는 아무런 반응이 없었다. 이 아이는 혹시 AI가 아닐까, 하는 생각마저 들 정도였다. 긴 속눈썹을 깜빡이고 있으니 살아 있구나, 라는 걸 겨우 느낄 정도였다.

지금 짓는 건 놀란 표정일까, 아니면 무서워하는 표정일까. 혹시 무서워하는 거라면 그건 곤란했다.

"아니, 그러니까, 음⋯ 그 책을 읽고도 웃지 못했잖아? 그럼, 뭐 다른 재미있는 게 있다면 웃을 수 있지 않을까? 웃게 해주고 싶어. 아, 미안. 내가 지금 무슨 소리를 하는 거지? 아니 근데, 뭐 별다른 뜻은 없고, 그냥⋯ 웃기기 챌린지 같은 거랄까⋯?"

"......."

하츠미가 여전히 반응이 없자 나쓰키는 살짝 눈물이 날 뻔했다.

학교에서도 유명할 정도로 무표정한 여자애와 뜻밖에 알게 되어 짧은 시간 함께했다. 그저 그뿐인데 뭔가 이상한 말을 하고 말았다.

웃게 해주고 싶어, 라니. 만담가도 아니고 스탠드업 코미디언도 아니면서 뭐 하자는 거지. 그리고 그 말을 들은 상대는 아무런 반응도 없다. 나쓰키가 무안함을 더는 견딜 수 없게 되기 직전, 하츠미는 멍하니 대답했다.

"이상한 사람이네."

나쓰키는 그 말을 부인할 수 없을 것 같았다. 어쨌든 지금은 나쓰키 자신도 그렇게 생각하고 있었으니까. 매번 잘해온 평소의 자신이 아니라고 느꼈다. 같은 말을 하더라도 농담처럼 웃으며 하는 것과 진지하게 하는 것은 뉘앙스가 전혀 다르게 들린다는 것도 느꼈다.

"아, 미안해……."

그래서 나쓰키는 하츠미에게 사과했다. 당장 자리를 뜨는 게 좋을 것 같았다. 그렇게 판단한 나쓰키는 하츠미에게 다시 한번, "잘 가. 미안했어."라고 말하고는 그녀의 옆을 지나가려고 했다.

그때였다.

걸음을 떼는 것과 동시에 오른손이 움직임을 멈췄다. 나쓰키가 반사적으로 뒤를 돌아봤다. 그녀의 머리에서 나는 비누 향이 느껴지고 나서야 무슨 일이 일어났는지 이해했다.

"…하츠미?"

하츠미 사라사는 나쓰키의 소매를 잡고 있었다.

하츠미는 고개를 숙인 채, 그러나 쥐고 있는 소맷자락은 놓지 않은 채 말했다.

"…릴게."

"어? 뭐라고?"

나쓰키는 허리를 굽혀 하츠미의 얼굴에 귀를 가까이 댔다. 하츠미는 작게 숨을 들이마셨다 내쉬고는 음절 하나하나를 되새기듯 말을 꺼냈다.

"기다릴게."

나쓰키는 아무 반응도 하지 못하고 굳어버렸다. 그만큼 예상 밖이었다.

"다음에 봐."

굳어 있는 나쓰키는 아랑곳없이, 하츠미는 그 말만 남

긴 채 다시 터벅터벅 걷기 시작했다. 작고 가냘픈 뒷모습이 멀어져갔다.

하지만 그녀는 말했다. '안녕'이 아니라 '다음에 봐.'라고.

웃게 해주고 싶다는 나쓰키에게 기다리겠다고 했다. 그렇다면 반드시, 라고 생각했다. 그제야 나쓰키의 굳었던 몸이 풀렸다.

"…좋았어, 웃게 해주겠어."

나쓰키는 오른쪽 주먹을 왼손바닥에 가볍게 대고 중얼거렸다. 그리고 하츠미와는 반대 방향으로 걸어갔다.

일이 묘하게 돼버렸다는 생각도 들었다. 하츠미는 생각보다 더 이상한 사람이 아닌가 싶기도 했다. 아니, 100명한테 물어봐도 전부 다 그렇다 하겠지. 동기들이나 친구들에게는 이상하게 보일지도 모르겠지만.

그래도 나쓰키는 그 도전을 그만둘 생각이 없었다.

웃기기 챌린지. 이름만큼은 더 좋은 걸로 생각할 걸 그랬다.

*

"흠… 그래서?"

자전거로 해변을 달리고 있는 나쓰키의 가방 안에서 로코가 얼굴을 내밀고 물었다.

"그래서라니?"

"아니, 그 특이한 여자를 만난 건 알겠어. 그런데 그게 네가 오랜만에 릴리님을 만나러 가는 거랑 무슨 상관이야?"

"아, 그건… 그건 나중에 할머니한테 얘기할 테니까 그때 들어봐."

어차피 할머니가 꼬치꼬치 캐물을 테니, 지금 로코에게 말하는 건 수고로움만 더할 뿐이었다.

"흠… 뭐, 릴리님을 뵐 생각을 한 건 잘한 거라고 생각해. 그토록 위대한 분을 할머니로 뒀으면서 너란 놈은……."

"아, 예예~"

"아 맞다, 나쓰키, 선물 사가자."

"선물? 굳이 그렇게까지?"

"릴리님이 이 근처 카페의 디저트를 좋아하신대. 얼마 전 SNS에 올리셨더라고."

말도 참 많은 고양이라고 나쓰키는 생각했다. 솔직히 말하자면 할머니도 이 고양이도 SNS를 한다는 것에 살짝 충격을 받았다.

로코가 시끄럽게 굴어서 나쓰키는 그의 말대로 카페에

들르기로 했다. 퐁당 오 쇼콜라를 사고 아이스 팩은 굳이 추가하지 않았다. 로코가 경애하는 릴리님, 즉 나쓰키 할머니의 집은 얼마 남지 않았기 때문이다.

"언제 봐도 이상한 집이지……."

자전거로 오르기에는 조금 힘든 아담한 언덕에 있는 이곳이 나쓰키의 할머니이자 로코가 말하는 '위대한 릴리님'의 집이었다.

집의 외관은 통나무로 되어 있었는데 증축과 개축을 여러 번 반복해서 그런지 한쪽으로 기우뚱 비뚤어져 있었다. 통나무집과 직결되어 이제는 거주 공간이 된, 외국 느낌이 나는 낡은 이층 버스도 있었고, 외벽에 설치된 거대한 사슴 머리 장식과 마당에 피어 있는 수상한 색의 꽃들까지 함께 놓고 보니, 마치 옛날이야기나 애니메이션에 나오는 '마녀의 집' 그 자체였다.

집 앞에 주차되어 있는 페라리와 재규어, 할리데이비슨만이 이곳이 21세기 쇼난이라는 것을 확인시켜주고 있었다. 나쓰키는 전과 달라진 차종을 보고 할머니가 여전히 건강하시다는 걸 확인했다. 초인종을 누르려 손을 뻗었을 때였다.

"들어와."

초인종을 누르지도 않았는데 할머니는 나쓰키가 온 걸 알고 있었다. 할머니에게는 식은 죽 먹기처럼 쉬운 일일 것이다.

"실례합니다." 라고 말하고 나쓰키는 집 안으로 들어갔다. 나무 복도를 지나 오래된 바이올린과 당구봉이 아무렇게나 굴러다니는 잡다한 방으로 가자, 방 주인은 평소에 쓰던 흔들의자 대신 새로 산 듯한 게이밍의자에 앉아 나쓰키를 맞았다.

"어서 오너라, 나쓰키. 자, 선물로 사온 디저트를 다오."

마녀의 집 같은 이곳에 혼자 사는 릴리 마리야는 정말 마녀였다.

*

가족의 비밀에 대해서는 나쓰키도 크면서 알게 되었다. 가족들이 다른 사람들과 다르다고 생각한 건 나쓰키가 여섯 살 무렵부터였다. 무엇이 다르냐 하면, 나쓰키의 가족들은 마법을 쓸 수 있었다.

우선, 할머니 릴리는 영국인이다. 그녀는 영국에서 오랫동안 활동해온 마법사 가문의 후예로, 그동안 마법을 통해 수많은 사람들을 도왔지만 자신들의 존재는 철저히 숨겼다고 했다. 그런 가문의 여인이 일본인 청년 나미헤이와 사랑에 빠졌다. 지금은 돌아가신 나쓰키의 할아버지였다.

젊은 날의 할아버지는 거침없고 유쾌한 남자였던 것 같다. 오토바이를 타고 유라시아 대륙을 횡단하던 중에 영국에서 할머니와 사랑에 빠졌고, 곧바로 그녀를 일본으로 데려왔다고 들었다. 다만 할머니의 성격을 고려하면 할아버지가 데려왔다기보다 오히려 할머니가 할아버지를 끌고 왔을 가능성이 크다고, 나쓰키는 생각했다. 할아버지인 나미헤이는 고인이기 때문에 진실을 확인할 수 없지만 말이다.

아무튼 이때 할머니는 가족의 심부름을 맡아하던 고양이도 함께 일본에 데려왔고, 그 후손이 로코다.

서핑을 즐겼던 나미헤이는 쇼난의 바다를 특히 사랑했고 부부는 이곳에 거처를 마련했다. 그 후 딸 유리카가 태어났다. 나쓰키의 어머니였다.

유리카도 마법사의 피를 물려받긴 했지만 마녀로서의 삶을 살고 있지는 않다. 지금은 평범한 샐러리맨 마스오와 결혼해 역시 마법사의 재능을 이어받은 나쓰키를 낳았고, 지금은 도쿄에서 요리연구가로 일하고 있다.

나쓰키가 생각하기에도 평범한 인간으로 살아가는 엄마의 선택이 옳다고 느낀다. 마법이라고 하면 마치 언제 어디서나 유용하게 쓰이는 만능 재주인 것 같고, 또 옛날에는 정말 그랬을지 모르지만, 지금은 아니다.

현대인에게 마법은 우스꽝스러운 것이다.

멀리 있는 사람과 이야기할 수 있고, 차가워진 수프를 데울 수 있고, 숟가락을 구부릴 수 있고, 바닥을 청소할 수 있고, 꽃을 피우거나 펜을 움직여서 글씨를 쓸 수 있고, 불을 켤 수 있고, 동전을 없앨 수 있고 등등… 이러한 마법들은 현대사회에서 '굳이?'라고 되묻고 싶어지는 능력일 뿐이다. 게다가 마법을 터득하는 데는 나름의 노력이 필요하다. 마법을 연속적으로 사용하면 체력 소모가 커서 두통이 생기거나 코피가 날 수 있다. 하지만 그렇게 배운 마법마저도 현대의 과학기술을 이용하거나 실력 있는 마술사들이 기술과 장치를 이용해 충분히 구현할 수 있는 레벨의 것이었다.

바다에 파도를 일으키거나, 겨울의 기후를 갑자기 한여름의 기후로 바꾸거나, 폭풍우 치는 날씨를 맑게 바꾸거나 하는 대마법도 존재하기는 한다. 그러나 당연히 이런 대마법은 익히기가 매우 어렵고, 마법이 발현되는 범위 또한 매우 좁거나 지속시간이 짧아서 실용적이지 않다. 이런 대마법을 사용하는 마법사가 거의 없다는 것도 그 효율성이 떨어진다는 것을 입증하는 것이다.

요컨대 마법은 가성비가 안 좋다. 물론 마법이라는 기술 자체는 신기하기 때문에 사람들에게 선보이면 어느 정도 시선은 끌 수는 있을 것이다. 하지만 그런 재능을 가진 마법사가 과연 행복한가 하면, 그건 별개의 문제다.

언론의 관심을 받기라도 하면 사생활이 없어지는 건 기본이고, 심하면 공권력에 의해 인권을 침해당할 가능성도 있다. 그런 걸 생각하면 마법은 어린 시절 익혔던, 비교적 쉬운 것만 쓰는 게 딱 좋다. 굳이 새로운 마법을 터득하려고 노력할 필요가 있을까? 나쓰키는 어제까지만 해도 그렇게 생각했다.

"할머니, 오랜만에 새로운 마법을 배우고 싶은데요."

차를 다 마신 뒤 나쓰키는 그렇게 말문을 열었다.

"뭐? 갑자기 무슨 바람이 든 게냐? 어릴 때 이후로 그런 말은 꺼내지도 않더니만."

환갑이 넘었지만 여전히 히피 패션이 잘 어울리는 할머니는 한쪽 눈썹을 치켜들고 재미있다는 듯이 물었다.

"아니, 뭐 특별한 이유가 있는 건 아니고요. 그냥 오랜만에 배우고 싶어져서요. 그러니까… 아르바이트할 때 쓰면 편하잖아요. 바닥 청소 같은 거 말이에요."

가능하면 진심을 숨기고 싶었던 나쓰키는 그냥 그렇게 얼버무렸다.

"거짓말! 평소의 너라면 '로봇청소기 쓰면 되잖아요.'라고 했을 텐데."

"앗……."

눈치 빠른 할머니의 응수에 나쓰키가 입을 다물자, 로코가 "그러니까요!" 하고 맞장구치며 차를 내어왔다. 아래 세대로 넘어오면서부터 주인과 심부름꾼이라는 위계는 이제 거의 사라졌다.

할머니는 게이밍의자에 등을 깊숙이 기대더니 검지를 살짝 구부리고 말했다.

"솔직히 말해보렴."

나쓰키는 어쩔 수 없이 하츠미라는 여자아이를 웃게 해주고 싶은데 자신이 할 수 있는 건 역시 마법뿐이라고 생각했다고 실토했다.

"뭐야? 그런 거였어? 마법을 배우고 싶다고 하길래 조금은 기특하게 생각했는데 동기가 불순한데?"

옆에서 로코가 너스레를 떨었다.

"너는 저기 가서 고양이 사료 좀 먹고 와. 할머니 집에 맛있는 거 있대."

"먹을 거에 넘어갈 줄 알고?"

"츄르도 있을 텐데."

"…고작 먹을 거에 넘어가지 않는다고!"

나쓰키와 로코가 그런 대화를 주고받는 동안 할머니는 감회가 깊은 듯 다리를 꼬고 눈을 감은 채 있었다. 할머니로서는 드문 반응이었다.

"그 애한테 반했니?"

할머니는 한쪽 눈을 날카롭게 뜨고 나쓰키를 바라보며 물었다.

그렇게 말씀하실 줄 알았다. 확실히 하츠미 사라사는 예쁘다고 생각하지만 예쁜 여자는 얼마든지 있다. 다른 여자 애들과는 친해지기도 쉽고 말을 하는 것도 더 편하다. 게다가 나쓰키는 여자애들 사이에서 인기가 있는 편이었다.

그러니까 하츠미 사라사에 대해서는,

"그런 건 아니에요. 그냥 좀 신경이 쓰인달까……."

"오호… 뭐, 어느 쪽이든 좋구나. 근데 넌 다른 사람들

앞에서 마법 쓰는 걸 싫어하지 않았니?"

이번에 할머니는 두 눈을 뜨고 나쓰키의 본심을 들여다보듯 바라보았다.

할머니의 말대로 나쓰키도 어젯밤까지는 그런 줄 알았다. 의심받을 짓은 하지 않겠다고 생각했다. 하지만 지금 나쓰키는 그 전과는 좀 달랐다. 물론 현대시대에 마법은 그리 특별한 능력이 아닐지도 모른다. 과학기술로도 얼마든지 가능한 일이 많으니까. 그렇다면 마법을 쓸 때 기술인 척하면 되지 않을까? '숟가락 구부리기' 정도라면 어릴 적부터 사람들에게 가끔 보여준 마법이었고, 하츠미는 어린애도 아니다. '그때와 같은 일'은 벌어지지 않을 것이다.

그렇게 생각하기로 했다. 지금 자신이 하고 싶은 일을 그때의 기억으로 인해 방해받는 것이 싫었다. 신기하게도 그런 생각이 들었다.

"어차피 마법이란 걸 들키지만 않으면 되고, 주변 사람들도 어린애가 아니니까 괜찮아요."

"릴리님, 동기는 불순하지만 나쓰키가 마법을 배우려고 하는 것 자체는 좋은 일이라고 생각합니다."

나쓰키의 말에 이어 로코가 나쓰키의 편을 들자 할머

니는 킥킥 웃었다.

"그렇구면. 재미있을 거야. 천하의 나쓰키가 마법을 배우러 왔단 말이지…?"

할머니가 가끔 보여주는 웃는 얼굴은, 다른 사람이 보면 틀림없이 섬뜩해할 거라고 나쓰키는 생각했다. 화려한 외모의 외국인 노인이 얼굴을 일그러뜨리고 유쾌하게 웃는 얼굴. 그러나 나쓰키는 할머니의 그런 모습이 싫지 않았다.

"좋아. 원래 마녀가 자손에게 마법을 가르치는 것은 당연한 일이야. 네가 싫다고 안 배웠을 뿐이지. 게다가……."

릴리는 말을 끊었다. 게다가, 이후 이어질 말은 굳이 하지 않기로 했다. 아까부터 나쓰키가 뭔가 숨기는 게 있는 것 같았지만 섣불리 말을 꺼내 기분을 상하게 할 필요는 없다고 생각했다.

"그럼 가르쳐주시는 거예요? 고마워요, 할머니."

"당장 오늘부터 시작해볼까? 그래, 우선 너희 엄마, 유리카가 잘하는 마법부터 배워보련? 궁극의 마법을 배우기 위한 첫걸음이라고도 할 수 있지."

할머니는 그렇게 말하고 게이밍의자에서 일어나 따라오라고 말했다. 나쓰키는 엄마가 가끔 마법을 쓴다는 것은 알고 있었지만 잘한다는 것은 몰랐다.

하물며 그 마법을 배우는 게 궁극의 마법을 배우기 위한 첫걸음이라니.

"엄하게 가르칠 테니 도망가면 안 된다. 그러면 정말 후회하게 만들어줄 테니 말이다."

"네, 알겠어요. 열심히 노력해볼게요."

"열심히 해보렴, 나쓰키."

후후, 하고 음흉하게 웃는 할머니의 뒤를 따라 나쓰키와 로코는 자리에서 일어났다.

로코가 말하길 할머니는 대마법사다. 이유는 모르지만, 마법은 세대를 거쳐 현대에 가까워질수록 약해지고 있었고, 나쓰키 가문 이외의 다른 마법사 집안도 서서히 그 힘이 떨어지고 있다고 들은 적이 있다.

그러므로, 할머니는 세계 최고 수준의 마법사일 것이고, 그녀가 궁극의 마법이라고 하면 그런 것이다. 어디까지나 나쓰키가 할 수 있는 그저 그런 마법 중에서겠지만 말이다.

나쓰키는 긴장되면서도 흥미로운 듯 할머니가 열고 들어간 문으로 따라 들어갔다. 그곳은 주방이었다.

"자, 카레를 먼저 만들어라."

"네?"

"시작은 거기서부터야. '마법은 주방에서 나온다.'라고 하지 않더냐. 어서 만들어보렴. 치킨 카레 말이다. 마당에 닭이 있으니 잡아오너라."

나쓰키는 그제야 생각났다. 그러고 보니 할머니의 수행은 늘 이런 식으로 이루어졌다. 처음에는 의미를 알 수 없는 것들투성이였다. 나쓰키가 마법 배우는 걸 그만둔 이유 중 하나이기도 했다. 아무리 그렇다고 해도…….

"데이트레이딩*도 오토바이 여행도 지겨워진 참이었는데 당분간은 지루하지 않을 것 같아 좋네."

"네……."

외환과 주식 거래 수입으로 산 할리데이비슨을 타며 시간을 보내는 대마법사 노인에게, 요즘 세대의 연약한 젊은이인 나쓰키가 이제 와서 "역시 그만두겠습니다."라고 말할 수 있을 것 같지는 않았다.

* 주식을 구입한 날 바로 되파는 일.

*

쇼난 문화대학 1학년 고마쓰 유나에게 수요일 2교시 생리학 강의는 귀중한 기회였다.

바로 유나가 좋아하는 같은 학과 선배와 함께 강의를 들을 수 있기 때문이었다. 1학년과 2학년은 교양과목을 같이 듣는 경우가 많은데 운이 나쁘게도 유나가 그 선배와 같은 강의를 듣는 것은 오직 이 시간뿐이었다.

그 선배, 나쓰키는 남녀 모두가 좋아하고 함께 있으면 분위기를 띄우는 유쾌한 스타일이라 유나가 그에게 말을 걸 기회는 좀처럼 없었다.

유나는 강의가 끝나기만을 기다리고 있었다. 오늘은 용기를 내어 나쓰키에게 점심을 같이 먹자고 할 생각이었다. 그런 생각에 강의가 시작되기도 전부터 긴장됐고 심장 고동이 빨라져 정신이 없었다. 수업을 듣고는 있지만 머리에 하나도 들어오지 않았다.

이러면 학점이 위험할 수도 있어, 이렇게 생각하며 유나는 애써 강의에 집중하려고 했다.

"음, 즉 이렇게 말이죠, 인간이 행복을 느끼고 웃으면 도파민과 엔도르핀 같은 뇌 호르몬이 분비됩니다. 이러한 호르몬은 육체에도 여러 가지 좋은 작용을 합니다만, 아직 밝혀지지 않은 부분도 많고…….”

'그렇군. 그렇다면 내가 나쓰키 선배와 점심을 먹으면 엔도르핀이 나오겠구나. 아, 자꾸 이런 생각만 하면 안 되는데… 자꾸 집중력이 떨어져…….'

“최근의 사례입니다만 매우 드물게 이 뇌 호르몬이 인체에 예기치 못한 해를…….”

강의는 계속되었지만 유나는 더 듣지 못했다. 어차피 5분 뒤에 끝나니까 집중이 안 돼도 어쩔 수 없다고 생각하기로 했다. 대신 나쓰키에 대해서 생각하기로 했다.

유나가 그를 좋아하게 된 것은 입학식 때부터였다. 그 무렵 유나는 고등학교 때 짝사랑하던 상대에게 호되게 당한 충격이 채 가시지 않았었는데, 학과 신입생 환영회 뒤풀이 자리에서 그것을 떠올리며 대성통곡하고 말았다. 만 스무 살이 되지 않아서 우롱차만 마셨는데도 분위기에 취해서 그런 일을 저지르고야 만 것이다.

술도 한잔 안 마신 주제에 술 취한 사람처럼 실연의 서러움을 말하던 유나, 우연히 그 옆에 있었던 것이 나쓰키였다. 나쓰키는 엉엉 우는 유나에게 난처한 기색도 내비치지 않고 이야기를 들어주었다. 그 뒤에는 언제 배웠는지 깜짝 마술을 선보이며 유나가 좋아하는 꽃을 선물했고, 깜짝 놀란 유나에게 사실 자신도 울고 싶었던 적이 있었다며 실패담 몇 가지를 말해주었다. 인기 있고 호감형인 그가 겪었다고 하기엔 의외일 정도로 심한 내용이었지만, 그의 말투는 유쾌하고 유머러스했다. 그의 편하고 밝은 말투에 이끌려 이야기를 듣다보니 유나는 어느새 웃고 있었다.

웃는 유나를 본 그가 안도한 듯한 표정을 지었을 때, 유나는 실연의 아픔에서 벗어났다. 실연의 특효약이란 바로 새로운 사랑이었던 것이다.

"자, 그럼 오늘은 여기까지 하겠습니다. 각자 예습해오세요."

드디어 끝났다. 유나가 생각에 잠긴 동안 어느덧 수업은 마무리를 하고 있었다. 서둘러야 한다. 그동안 유나가 봐온 나쓰키는 그때그때 만난 사람들과 스스럼없이 섞여 밥을 먹으러 가는 사람이다. 물론 나쓰키의 그런 면도 좋아하지만, 그렇기 때문에 다른 사람들과 점심을 먹으러 가기 전에 손을 써야 했다.

"선배님!"

유나는 아직 자리를 정리하고 있는 나쓰키에게 말을 걸었다.

"응?"

"고, 고, 고마쓰입니다."

"마, 마, 마리야입니다."

나쓰키는 잔뜩 긴장해 말까지 더듬는 유나에게 상냥하게 미소를 지으며 장난쳤다.

"아, 그, 그건 알고 있어요……."

"아하하, 미안해. 고마쓰 유나 맞지? 무슨 일이야?"

나쓰키가 자신의 이름을 기억해주어 기뻤던 유나는 용기를 냈다.

"저, 점심 같이 드실래요?"

"아……."

나쓰키는 난처한 듯한 표정을 지었다. 워낙 소탈한 스타일이어서 누군가의 제안을 거절하는 일이 없었고, 그가 싫어하는 사람도 없지 않을까 하고 생각했던 터라 그의 반응은 꽤 충격이었다.

"미안해, 오늘 선약이 있어서."

나쓰키는 목 뒤를 긁으며 어깨를 으쓱했다. 큰일 났다, 여기서 당장 사라지고 싶다고 유나는 생각했다. 너무 충격을 받았는지 고양이 울음소리 같은 것이 들렸다.

"그렇군요… 죄송해요. 제가 갑자기……."

"아, 만약 괜찮다면 내일은 어때?"

"앗!"

유나는 사라지지 않아서 다행이라고 생각했다. 주먹을 불끈 쥐며 힘껏 대답했다.

"좋아요!"

"다행이다. 신입생 환영회 때 과제랑 학점에 대해서 여러 가지로 궁금하다고 말했었잖아. 다른 2학년한테도 말해볼게."

"앗……."

"그럼 내일 보자."

굳어버린 유나는 아랑곳하지 않고 나쓰키는 가벼운 걸음으로 강의실을 나섰다. 최근 나쓰키만 바라보던 유나여서 눈치챈 거지만, 오늘 그는 평소와 다른 것 같았다. 안절부절못하고 금방이라도 뛰쳐나갈 듯한… 그리고 지금 정말로 달리기 시작했다. 도대체 무슨 일이지?

"하아……."

유나는 한숨을 내쉬었다. 뜻이 잘 전달되지 않은 것 같지만, 그래도 내일은 같이 점심을 먹을 수 있다. 다른 사람도 함께겠지만 유나로서는 놀라운 진보, 위대한 첫걸음이었다.

*

"나쓰키! 내가 가방에 있는데 뛰지 말아줄래? 필통이 부딪혀 아프다고!"

가방 속 로코가 항의하며 소리를 높였다. 목소리가 꽤 컸기 때문에 주위 학생들에게도 야옹 하는 소리가 들렸을 것이다.

"아, 미안."

나쓰키는 작게 대답하고 빠르게 걷기 시작했다. 로코를 오랜만에 데려왔더니 그가 가방에 있을 때 어떻게 걸어야 하는지 잊고 있었다. 로코와 있을 땐 보통 자전거를 탔기 때문이다.

"응, 이 정도면 됐어. 근데 나쓰키."

"응?"

"아까 그 애는 괜찮겠어? 너무 귀여운데."

나쓰키도 로코가 말하려는 것 정도는 알고 있었다. 그럴 가능성도 있다고는 생각했다. 유나가 정말 과제나 학점 때문에 물어본 것일 수도 있지만 아닐 수도 있었다. 확률은 반반 정도였다. 하지만 아까는 그렇게 말할 수밖에 없었다. 결정적인 말을 들었다면 결정적인 대답을 했겠지만, 그런 상황은 아니었으니 나쓰키도 일상적으로 대한 것뿐이다.

"어쩔 수 없잖아……."

게다가 오늘 점심시간에 약속이 있는 것은 사실이었으니.

"걔한테 무슨 짓을 한 거야. 너는 항상 이래서 내가……."

"나중에 들을게. 그것보다 나는 곧 약속이 있는데 로코 너는 어떻게 할래? 들어가 있을래?"

약속을 한 장본인, 하츠미 사라사와 만나기로 한 장소는 도서관 앞, 나무 그늘이 드리우는 벤치였다. 어제 캠퍼스에서 만났을 때 약속을 잡았다.

"음, 이대로 상황을 살피다가 기회가 되면 영국 신사로서 인사 정도는 해주지."

잘난 척하며 대답한 검은 고양이는 가방 속에 얼굴을 넣고 움츠렸다. 그리고 그 자세로 말을 이었다.

"새로 배운 마법은 자신 있는 거야?"

"음… 일단 효과는 느낄 수 있을 정도로 익힌 것 같아. 일단 이걸로 가볼게."

얼마 전 나쓰키는 할머니에게 마법을 하나 배웠다. 사소한 마법이지만 배우는데 고생을 꽤 했다. 카레로 시작해 스튜, 함박 스테이크, 로스트비프, 피시&칩스까지 만들었다. 물론 그냥 만들기만 한 건 아니었다.

매번 식자재 하나하나의 역사적 배경과 생물학적 특성에서 생명의 빛을 배웠고, 장작 패는 곳에서 불을 지피며 불의 에너지도 배웠다. 사용할 물은 우물에서 퍼 올리며 물의 포용력도 배웠다.

그렇게까지 해야 비로소 마법의 힘을 사용할 단계가 된다. 그 후 너무 집중해서 몇 번 코피를 흘리기도 했고, 때로는 너무 힘을 준 탓에 가마솥이 깨져 화상을 입기도 했다. 요리의 모든 과정을 머릿속으로 완벽하게 상상할 수 있을 때까지 밤새워 연습해야 겨우 약간의 감각을 익힐 수 있었다. 생각해보면 어릴 때 했던 마법 수행도 대체로 그랬다. 현존하는 마법에는 여러 종류가 있는데, 배우기 위해서는 그 마법에 관한 기술이나 지식도 함께 익혀야 했다.

하지만 그렇게까지 해서 배운 마법도 솔직히 효과에 대해서는 확신할 수 없었다.

과연 이 마법은 그녀를 웃게 할 수 있을까.

이런 생각을 하면서 도서관 앞 큰 나무 아래 벤치까지 왔다. 약속 상대는 그 벤치에 앉아 있었다. 그녀는 휴대전화를 보지도 이어폰으로 음악을 듣지도 않은 채 그냥 거기 혼자 앉아 있었다. 요즘엔 이런 사람이 별로 없지만 정작 그녀는 매우 자연스러워 보였다.

"하츠미."

나쓰키의 말에 하츠미는 고개를 들었다.

"미안, 좀 늦었네. 기다렸지?"

나쓰키는 손을 들어 사과했지만, 하츠미는 고개를 저으며 대답했다.

"안 기다렸어."

오르골이나 트라이앵글처럼 튀는 소리를 내지만 묵직하고 부드럽게 울리는 목소리. 그러나 그 목소리로 말한 내용은 좀 극단적이었다.

"그렇구나, 와줘서 고마워. 안 올지도 모른다고 생각해서 좀 걱정했어. 하하······."

"약속했으니까. 와야지."

하츠미는 그렇게 말하고 옆으로 조금 옮겨 앉았다. 옆에 앉아도 좋다는 것 같았다. 나쓰키는 감사를 표하고 벤치에 나란히 앉았다. 비누 향이 나쓰키의 코를 스쳤다.

"흠흠~"

나쓰키치고는 드물게 흥얼거렸다. 물론, 하츠미를 만날

땐 그다지 드문 일도 아니었다.

솔직히 조금 떨렸다. 오늘은 얼마 전 선언한 '웃기기 챌린지'의 첫 번째 시도였다.

"음."

나쓰키의 이런 마음을 아는지 모르는지 하츠미는 나쓰키를 가만히 바라보며 그의 말을 기다리고 있었다. 무표정한 것 같지만 자세히 보니 눈썹이 약간 치켜 올라가 있는 것 같기도 했다.

그렇다고 그녀가 재촉하는 기색이 있거나 하지는 않았다. 만약 자신이 아무 말도 안 한다면 몇 시간이고 기다리지 않을까 그런 생각까지 들 정도였다.

"재미있는 거, 라고 하기엔 재미없을지도 모르지만⋯ 이거."

나쓰키가 가방에서 도시락을 꺼냈다. 이를 위해 나쓰키는 가방을 하나 더 챙겨왔다.

"이게 뭐야?"

"좀 이상할 수도 있는데 샌드위치 만들어 왔어. 괜찮다면 점심으로 먹어주지 않을래?"

나쓰키는 자신이 말하면서도 조금 어이없고 이상하게 들릴지도 모른다고 생각했다. 지금까지 별로 친하지도 않왔던 사람이 갑자기 샌드위치를 만들어주는 건 흔치 않은 일이었기에, 보통이라면 관심이 있다고 생각할지도 몰랐다.

그러나 나쓰키가 할머니에게 새로 배운 마법은 이거 단 하나였으므로, 이거밖에 할 수가 없었다.

얼마 전 하츠미는 학생식당에서 나온 생선구이가 맛이 없다고 했다. 그럼 맛있는 음식을 먹었을 때 그녀는 어떤 표정을 지을까? 혹시 웃어주지 않을까?

나쓰키는 긴장하며 하츠미의 대답을 기다렸다.

"응. 먹을게."

예상외로 하츠미의 대답은 담백했다.

"다행이다. 자, 여기."

나쓰키는 안도의 한숨을 내쉬고 도시락 뚜껑을 열었다. 오늘 새벽 다섯 시에 일어나 만든 샌드위치가 들어 있었다. 통밀빵에 로스트비프와 파스트라미, 훈제 연어 등을 넣어, 재료부터 아주 깐깐하게 골랐을뿐더러 소스까지 직접 만든 작품이었다.

포장지도 예쁜 걸로 골라서 나름 비주얼까지 그럴싸했고, 나쓰키가 보기에도 맛있어 보였지만, 그럼에도 불안하긴 마찬가지였다.

"대박."

도시락을 본 하츠미가 작게 내뱉었다. 아마도 진심일 것이다. 남의 기분을 맞춰주려고 아첨을 하는 타입은 아니니까. 다만 내뱉은 말과 달리 어조는 꽤 담담해서 나쓰키가 약간 당황을 하긴 했지만. 그래도 마지막 마무리를 빼놓을 수는 없었다. 나쓰키는 샌드위치를 손으로 감싸고 손가락을 튕겼다. 주의 깊게 보지 않으면 모를 정도로 옅은 빛이 손가락 끝으로 새어 나와 샌드위치 위로 쏟아졌다.

"…?"

"아, 미안. 아무것도 아니니까 신경 쓰지 마."

이건 마법이었다. 공들여 만든 요리를 더 맛있게 만드는 마법. 실제로 이 마법을 쓰느냐 안 쓰느냐에 따라 미묘하지만 맛 차이가 있었다. 대략 4퍼센트 정도? 미묘한 수치긴 하다.

"이제 먹어도 돼."

"잘 먹겠습니다."

하츠미는 손을 모으고 고개 숙여 인사한 뒤 와사비 소스가 들어간 로스트비프 샌드위치를 집어 들었다. 그리고는 덥석 한입 베어 물었다.

"어때…?"

긴장되는 순간, 하츠미는 우물우물 씹으면서 생각에 잠긴 듯했다. 나쓰키는 불안해졌다.

이 마법은 요리 자체가 맛있으면 오히려 마법의 효과는 낮아지는 특성이 있다. 변변한 음식이 없던 아주 옛날에는 제법 유용한 마법이었겠지만 맛있는 요리가 넘쳐나는 현대에는 그 효과가 미미했다. 어머니인 유리카도 자주 썼던 마법이라고 하는데, 요리연구가가 된 지금 그녀가 만든 요리에 이 마법의 효과는 제로인 것 같았다.

한눈에 보기에도 긴장하고 있는 나쓰키는 아랑곳하지 않는 듯, 하츠미는 자신의 속도대로 샌드위치를 씹어 삼키고는 한 마디 뱉었다.

"맛있다고 생각해."

일단은 다행이었지만… 맛있다고 말하는 하츠미의 표정이 좋아지지는 않았다.

"역시 실패인가……."

나쓰키는 온몸의 힘이 빠졌다.

"왜 그래? 정말 맛있어. 나쓰키는 요리를 잘하네."

하츠미는 그런 나쓰키를 신기한 듯 바라보다가 엄지손가락을 치켜세웠다. 무표정과 하나도 어울리지 않는 포즈에 나쓰키는 웃어버렸다.

"아하하하. 하츠미, 그런 것도 하는구나. 고마워. 보람 있네."

"응."

"역시 이 정도로는 하츠미를 웃게 하지 못했어. 미쉐린 가이드 별 3개를 받은 셰프가 만들면 성공하려나?"

나쓰키는 벤치에 기대어 하늘을 올려다보았다. 실패했지만 왠지 모르게 상쾌했다.

"아, 지금 웃지 않는 건 그런 의미는 아니고… 미안해."

하츠미는 턱에 손을 얹고 살짝 고개를 숙였다. 표정도 미묘하게 변해 있었다. 눈썹 끝이 약간 내려가 눈이 살짝 가늘어졌다. 이건 아마 미안해하는 얼굴일 것이다. 아주 미묘한 차이지만 나쓰키는 그녀의 표정 변화를 알아차릴 수 있을 것 같았다. 그녀의 감정이 얼굴에서 제대로 전해져왔다.

"아니야, 사과하지 않아도 돼. 내가 멋대로 해본 건데 뭐."

나쓰키가 황급히 손을 흔들자 하츠미는 다시 고개를 끄덕였다.

"그래. 사과 안 할게."

솔직하다. 도대체 어떻게 자라면 이런 사람이 되는 것일까? 나쓰키는 그녀에 대해 궁금한 게 또 하나 늘었다.

"나쓰키는 안 먹어?"

이렇게 말하며 하츠미는 도시락을 내밀었다. 하츠미가
이렇게 말해줄 줄은 몰랐지만, 일단 나쓰키는 자신의 몫
도 가져온 터라 샌드위치를 가방에서 꺼냈다.

"그럼 같이 먹을까?"

"응. 맛있어."

"만들면서 조금 맛보긴 했는데……."

"그렇구나. 맛있지?"

둘은 나란히 샌드위치를 먹었다. 하츠미가 조용한 성
향이라 말이 이어지지는 않았지만 어색하지는 않았다. 나
뭇가지 사이로 눈부신 햇살이 비치는 벤치, 불어오는 상
쾌한 바람. 그런 장소에서 몇 마디 이야기를 주고받는 것
만으로도 신기하게 포근하고 기분이 좋았다.

"하츠미는 어떤 동아리에 가입했어?"

"천체관측 동아리."

"아, 맞아, 별을 좋아했지. 근데 그 동아리는 술만 마시
는 곳이라고 했던 것 같은데……."

"천체관측도 해, 나만."

"역시 그렇구나."

"그래도 천체망원경 쓸 수 있으니까. 좋아."

"하하. 그건 그렇지."

정말 그녀답다고 생각하며 나쓰키는 웃었다. 하츠미는 나쓰키가 왜 웃는지 모르는 것 같았다.

"나쓰키는?"

"응? 뭐가?"

"동아리."

하츠미의 단답에 나쓰키는 순간 굳어버렸다. 하츠미가 나쓰키에게 뭔가를 물어본 건 이번이 처음이기 때문이다.

"아, 나는 음악이랑 테니스랑 마술 동아리 하고 있어."

"대박."

하츠미는 작게 손뼉을 쳤다.

"제대로 하는 건 아니고, 그냥 가끔씩 가는 거야."

나쓰키는 쓴웃음을 지으며 사실대로 말했다. 대학 동아리에는 열정적으로 활동하는 사람과 반쯤 재미로 하는 사람이 섞여 있었는데, 나쓰키는 후자였다. 친구들과 어울리기 위해 가끔씩 참석하는 정도였고 테니스 동아리는 술자리에만 나가고 있다. 음악 동아리에서는 가끔 라이브 공연을 열지만, 나쓰키는 할머니가 만든 클래식 풍의 곡 외에는 연주해본 적이 없어서 공연에 참여한 적은 없었다.

나쓰키의 말을 들은 하츠미는 잠시 생각에 잠기더니 대답했다.

"그럼 나쓰키는 대단한 건 아니야."

"하하하. 맞아, 하츠미 말대로 전혀 대단하지 않아."

"저기."

"응?"

"나는 나쓰키를 나쓰키라고 불러."

하츠미의 독특한 커뮤니케이션 방식에 어느 정도 익숙해진 나쓰키는 그녀가 말하고자 하는 바를 이해했지만 그래도 확실히 확인할 필요가 있다고 느꼈다.

"나도 성 말고 이름으로 부를까?"

"응."

하츠미는 작게 두 번 고개를 끄덕였다.

"그럼 사라사 씨?"

그녀는 흔들며 고개를 저었다. 아무래도 '씨'라는 호칭은 싫은 것 같았다.

"사라사 짱?"

고개를 저었다.

"…사라사 양?"

고개를 저었다.

"그럼……."

지금까지의 대화를 통해 하츠미를 어떻게 부를지 생각했지만 그래도 역시 주저하게 된다. 하지만 그녀는 생각보다 고집스러운 면이 있는 것 같아 어쩔 수 없었다.

"…사라사?"

나쓰키가 약간 수줍어하며 내뱉었다.

"응."

하츠미는, 아니 사라사는 또 한 마디로 간단히 대답하고 다시 우물우물 샌드위치를 먹었다. "성 빼고 이름만 부르면 어린아이 부르는 것 같아서 싫지 않아?"

그러자 사라사는 샌드위치를 먹던 것을 멈추었다. 아마 이 질문을 진지하게 생각하고 있는 것 같았다.

"싫지 않아."

대답을 마친 사라사는 다시 샌드위치를 먹었고 나쓰키도 함께 샌드위치를 먹기 시작했다. 시간의 흐름이 완만해진 듯한 나무 그늘 아래서 아무런 대화도 없이 나란히 앉아 샌드위치를 먹는 두 사람. 주위에는 많은 학생들이 오가고 있지만, 나쓰키는 그들과 자신들이 다른 세계에 있는 것처럼 느껴졌다.

"그래서 어떻게 되었을꼬? 전에 알려줬던 마법의 결과
는."

카운터 맞은편에 앉은 할머니가 재밌다는 듯이 물었
다. 이곳은 나쓰키가 아르바이트를 하는 바, '더 보디스'
였다.

건물주인 할머니는 자신에게는 언제든, 어떤 술이든 공
짜로 내주는 대신 이 공간을 저렴하게 임대해주었고, 그
래서 종종 이곳을 찾곤 했다.

"할머니 목소리 좀 낮추세요."

가게 안에서 갑자기 마법에 대한 질문을 받은 나쓰키
는 깜짝 놀라서 흔들던 셰이커를 떨어뜨릴 뻔했다.

"이런, 미안미안, 하지만 나쓰키, 그 '할머니'라는 말 좀
그만할 수 없겠니? 여기는 바고, 나는 혼술을 즐기는 숙녀
잖니. 바텐더는 신사여야 해. 신사가 숙녀를 어떻게 불러
야 하는지는 가르쳐주었지?"

할머니가 나쓰키를 올려다보며 짓궂게 웃었다. 나쓰키
는 할머니의 말을 거역할 수 없었다. 요리의 기초와 칵테
일 만드는 법, 마법에 필요한 여러 기술과 지식까지 이 모

든 걸 가르쳐준 사람은 할머니였고, 나쓰키가 이 가게에서 일할 수 있는 것도 할머니 덕분이기 때문이다. 게다가 할머니의 말은 대체로 옳았다.

"네, 릴리 씨. 음… 그 친구가 맛있다고는 했는데, 웃지는 않았어요."

나쓰키는 할머니가 주문한 드라이 마티니를 따르며 작게 대답했다. 할머니의 주문대로 마지막에 손가락을 튕겨 마법을 거는 것도 잊지 않았다.

할머니는 따른 지 1분도 안 된 마티니를 단숨에 들이켜고 코를 킁킁거렸다.

"그래? 어디 보자… 이 솜씨라면 말이지… 칵테일이나 샌드위치 솜씨가 별로인 것을 참작해도 마법의 효과가 너무 약한 것 같구먼."

나쓰키 자신도 알고 있었지만 이렇게 대놓고 들으니 조금 주눅이 들었다. 할머니가 너무 재밌어하며 이야기해서 더욱 그랬다.

"너는 타고난 손재주로 어찌저찌 마법은 부리지만 다 너무 어설퍼. 아, 두 번째 잔은 '진 리키'로 해줘."

할머니는 그렇게 나쓰키를 놀리면서 추가 주문을 했다.

"…동기가 불순하기 때문이라나 뭐라나."

나쓰키는 빈정거리듯 혼잣말을 내뱉었다. 그러나 할머니는 그런 나쓰키의 말에 눈을 동그랗게 뜨고 물었다.

"불순하다니? 그게 무슨 말이냐."

"앗. 한 여자를 웃게 해주겠다고 이렇게까지 할 일이냐며 로코가 계속 놀리더라고요."

"하하하, 그건 로코가 잘못했구먼. 마법이란 말이야, 원래 누군가를 미소 짓게 만들기 위해서 쓰는 거란다."

칵테일을 만들던 나쓰키는 할머니의 말씀이 의외라고 생각했다. 멋대로 사는 것처럼 보이는 할머니가 말하기에는 참으로 도덕적인 대사였기 때문이다.

"음, 그럼 제가 하는 건 마법사로서도 옳은 일이라는 거예요?"

"그렇지, 그 아이를 행복하게 해주고 싶고 미소 짓게 해주고 싶다는 생각이, 그 열망이 강할수록 마법의 힘은 강해진단다."

팔꿈치를 괸 채 칵테일을 기다리는 할머니는 히죽 입꼬리를 삐죽 들었다. 정말 요염한 마녀의 미소 같았다. 하지만 나쓰키는 알고 있었다. 할머니는 가끔 거친 농담을 하기는 했어도 시시한 거짓말은 하지 않는 분이라는 걸.

나쓰키는 지금 들은 것을 속으로 곱씹으며 진 리키를

따랐다. 그러고는 잔을 내밀면서 입을 열었다.

"…그런 말은 처음 들어봐요."

"그럴 리가. 네가 잊어버렸을 뿐이야."

진 리키에 입을 가져다대며 할머니는 자신감 넘치는 얼굴로 말했다.

"그렇구나……."

나쓰키는 목 뒤에 손을 대고 잠시 생각했다.

누군가를 미소 짓게 해주고 싶을수록, 누군가를 행복하게 해주고 싶은 열망이 강할수록 마법은 강해진다고.

이게 맞는 말이라면 세월의 흐름에 따라 마법이 약해지는 것은 당연할지도 몰랐다. 세탁기가 없던 시대에 마법으로 옷을 깨끗하게 할 수 있다면, 빨래를 해야 했던 누군가는 기뻐했을 것이다. 먹을 것이 부족했던 시절, 마법의 힘으로 부족한 식재료만으로도 평소보다 좀더 맛있는 음식을 대접한다면 요리를 먹는 누군가는 좀 더 기뻐했을 것이다. 배우기 어렵고 쓰기에 부담이 되어도 당시 마법사가 마법을 사용한 것은 누군가를 행복하게 해줄 수단이 마법 외에는 없었기 때문일지도 몰랐다.

그러나 지금은 그렇지 않다. 누군가를 행복하게 하는 수단은 많이 있다.

나쓰키의 어머니가 굳이 마법을 쓰지 않는 요리연구가
가 된 것도, 최고의 재료와 자신의 손기술을 사용해 요리
를 하는 것이 마법보다 더 효과적이기 때문일지도 몰랐다.

'그렇다면 로봇청소기를 쓰면 되잖아.' 라는 나쓰키의
생각은 의외로 정곡을 찌른 것 같다.

"아, 역시 진 리키는 봄베이 사파이어를 쓰는 게 최고
네. 별로인 바텐더가 만들어도 맛이 중간은 가."

나쓰키는 할머니의 말에 맞장구를 쳤지만 속으로는 여
전히 다른 생각을 하고 있었다.

'내가 요즘 느끼는 감정은 뭘까.'

마음속 영사기에 사라사의 얼굴이 떠올랐다. 어깨 끝
에 닿은 가지런한 머리카락과 가녀린 어깨, 당당해 보이
는 큰 눈동자. 그리고 반듯한 얼굴에 떠오르는 굳은 표정.

그녀의 웃는 얼굴을 보고 싶은 마음에 거짓은 없다고
나쓰키는 생각했다. 기억하는 한 지금까지 누군가를 떠
올리며 그런 생각을 해본 적이 없다. 사실 지금까지는 나
쓰키가 상냥하고 유머러스하게 대하는 것만으로 다른 사
람들은 웃어주었다. 그런 의미에서 아까 들었던 마법사
의 본연의 자세를 생각하면 자신은 마법사에 적합한 성
격인지도 몰랐다.

자신이 마법을 써서라도 사라사를 웃게 해주고 싶은 건, 그것 말고는 달리 방법이 없기 때문이다. 더 열심히 노력하면 엄마처럼 마법 없이도 맛있는 샌드위치를 만들 수 있을지 모르겠지만, 지금 나쓰키에게는 시간도 재능도 없고 고급 식자재를 살 재력도 없다.

"무슨 일 있니? 나쓰키."

"아, 아니예요. 할머니… 아니, 릴리 씨."

"흠, 좋아."

맞장구는 건성이었다는 것을 할머니가 알아차렸지만, 그녀는 굳이 탓하지 않았다. 오히려 기분이 좋아 보였다. 지금 나쓰키의 생각을 간파했는지도 몰랐다.

나쓰키가 일상적으로 주위 사람들을 웃기려고 하는 것이나, 지금 사라사를 웃기려는 도전은 어쩌면 옛날 마법사가 하던 것과 같지 않을까? 별다른 방법이 없기 때문에 마법으로 사람을 미소 짓게 하려고 한다는 의미에서는 똑같을 것이다.

"잠깐, 근데 뭔가… 이상한데…?"

나쓰키는 자기도 모르게 혼잣말을 했다. 만약 그렇다면 자신의 마법은 조금 더 효과를 발휘했어야 하는 것 아닌가. 어쨌든 열망이 강했던 옛날 마법사와 같은 입장이었으니 말이다.

"음… 모르겠다…….."

나쓰키는 생각을 멈추고 선반에 진열된 병을 마저 닦기로 했다. 그러나 그때 할머니가 입을 열었다.

"아참, 나쓰키. 내가 지금 기분이 좋으니 내친김에 이것도 얘기해줄까."

할머니는 유리잔의 얼음을 저으며 느긋하게 미소를 지었다.

"어떤거요?"

"마법에는 여러 종류가 있잖니? 그 수많은 마법들이 어떻게 만들어졌는지 생각해본 적이 있니?"

나쓰키는 할머니의 의도를 파악하지 못해 잠시 생각했다. 과연, 간단한 마법도 그 종류는 무수히 많다. 음식을 맛있게 하는 마법, 물을 만드는 마법, 방 청소를 하는 마법. 보통 마법사는 스승으로부터 배우거나 고문서를 읽고 스스로 터득해 이런 마법들을 익힌다. 요컨대, 선대가 사용한 기술을 연마해 자신도 사용하는 것이다.

그렇다면 그 마법을 가장 먼저 사용한 마법사는 어떻게 그런 마법을 만들어냈을까? 이런 생각을 해본 적은 없었지만 어느 정도 추측은 할 수 있었다.

"…우수한 마법사가 연구 끝에 만들어낸 거 아닐까요?"

새로운 변화구를 만들어내는 투수처럼, 지금까지 없던 요리법을 개발하는 요리사처럼, 우수한 마법사가 각고의 노력 끝에, 혹은 천재적인 발상으로 새로운 마법을 만들어냈을 것 같았다.

"재미없는 대답이네. 꽝이야."

하지만 할머니의 반응은 나쓰키의 예상과는 달랐다.

"앗, 그럼 어떻게 만들어지는데요?"

나쓰키의 물음에 할머니는 웃었다.

"마법사가 소중한 누군가를 진심으로 행복하게 해줄 때. 마치 그 누군가에게 행복을 선사해준 것에 대한 신의 보상처럼, 세상으로부터 새로운 마법을 받을 수 있지."

오늘 할머니는 평소보다 더 부드러운 어조로 꽤 여러 이야기를 해주었다. 할머니의 눈은 오래된 추억의 앨범을 바라보는 듯 다정했다.

"허, 몰랐어요. 뭔가 재미있네요."

나쓰키는 순순히 그렇게 대답했다. 마법은 정말 수상해 보이는 단어지만, 그렇게 이어져 온 것이라면 아주 좋은 것인 것 같기도 했다.

"다만 요즘은 새로운 마법이 생겼다는 얘기를 듣지 못

했네. 마지막으로 들은 건 '폭풍을 잠재우는 대마법'인데 그것도 100년은 더 지난 옛날 일이야."

"흠, 그럼 할머니도… 아니, 릴리 씨도 만들지 못했어요? 새로운 마법 말이에요."

할머니는 최후의 대마법사, 위대한 마녀로 불리는 사람이기에 나쓰키는 의아한 마음이 들었다. 그러나 위대한 마녀는 문득 쓸쓸하게 웃으며 말했다.

"소중한 누군가를 진심으로 행복하게 만드는 건 어려운 일이야… 그 사람이 진심으로 웃었을 때는 바다에 나가 있을 때뿐이었으니까."

나쓰키에게는 그렇게 대답하는 할머니가 한순간 소녀처럼 보였다. 갈색 머리와 꿈꾸는 눈동자를 가진 아름다운 소녀 말이다.

바다에 있을 때만 진심으로 웃었다는 그 사람. 그는 아마 서핑 애호가였다는 할아버지였을 것이다.

"만약 내가 그 사람을 진심으로 웃게 할 수 있었다면 자유자재로 파도를 일으키는 마법이 생겼을지도 모르지."

할머니는 잔을 비우더니 더는 아무 말도 하지 않고 자리에서 일어났다. 그녀는 점장과, 그리고 다른 단골손님과 한마디씩 주고받더니 "안녕 꼬마들!" 하고 인사하며 씩씩하게 문으로 향했다.

"여전하시네. 건물주님은……."

"펑키한 할머님이셔……."

"하하하……."

할머니가 나가자 점장과 단골손님은 그렇게 말했고, 나쓰키는 그들에게 웃어주며 오늘 들은 것을 잊지 말자고 다짐했다. 할머니와 마법에 대해 이렇게 진지하게 이야기 한 것은 오늘이 처음이었다.

"…좋았어."

나쓰키는 앞으로 할 일을 결정했다.

마법의 성질을 생각하면 방향은 틀리지 않을 것이다. 로코는 불순한 동기라고 놀렸지만, 불순하기는커녕 오히 려 이게 정통이었다. 그러니까 다음 마법을 빨리 배워서 이번에야말로 사라사를 웃게 만들어야겠다고 생각했다.

단지 유감인 것은, 그렇게 새롭게 다짐을 하고 밤하늘 을 올려다봤지만 사라사의 웃는 얼굴이 떠오르지 않는다 는 것이다. 사라사의 웃는 모습은 한 번도 본 적이 없어서 상상조차 할 수 없는 것이었다.

＊

나쓰키의 도전은 계속되었다. 다양한 마법을 배우기 위해 필사적으로 노력했다. 할머니께 배우기도 하고 양피지나 두루마리에 적힌 마법서를 읽기도 했다. 라틴어나 고대 영어로 쓰인 마법서는 읽는 것만으로도 힘들었지만, 그래도 매일매일 계속했다.

식물학에 대해 배우고 명화를 감상하며 빛의 성질에 대한 논문을 읽었다. 모두 사라사를 위해서였다.

새롭게 배운 마법 중 처음 써본 것은 꽃을 피우는 마법이었다. 사라사와 함께 캠퍼스를 걸을 때 아직 피지 않은 창포꽃이 한 무더기 있길래 일단 한 송이만 피워 보였다. 사라사는 "예쁘다. 왜 한 송이만 피었을까? 신기하다."고 말했지만 웃지는 않았고, 오히려 먼저 핀 꽃을 걱정했다. 실패였다.

이번에는 펜을 사용하지 않고 캐리커처를 그리는 마법을 써보았다. 나쓰키는 옆자리에서 수업을 듣는 사라사에게 앙증맞은 사라사의 캐리커처를 짜잔! 하고 선보였다. 그러나 사라사는 덤덤하게 "그림 잘 그리네. 근데 이 사람은 누구야?" 하고 물었다. 나쓰키는 포기하지 않고 "너야." 라고 답했지만 "그렇구나. 귀엽네. 고마워." 라는 대답만 들었다. 역시 실패.

이번에는 함께 점심을 먹는 동안 근처 분수대에 마법을 걸어 작은 무지개를 만들었다. 이번에 사라사는 "무지개 색은 일곱 가지인데 이건 네 가지밖에 없네." 같은 냉정한 의견을 말했다. 실패.

그 어느 마법도 성과를 내지 못했다. 지난번에 그녀가 읽었던 『세계의 웃음폭탄 유머집 100선』과 비슷한 수준이라고 생각하니 살짝 분했다.

나쓰키와 있을 때 그녀는 가끔 나쓰키를 무시하는 일이 있었다. 일부러 그런 건 아니고 귀가 잘 안 들리거나 살짝 얼이 빠져 있는 듯한 느낌이었다. 그래서 가끔은 그녀가 제대로 보고 있는 건지 어떤지 알 수 없었다.

그래도 이런저런 일들로 그동안 사라사에 대해 많이 알게 된 건 좋은 일이었다. 예를 들어 사라사는 본가가 쇼난에 있지만 지금은 의사인 언니와 단 둘이 살고 있다. 이런 정보들을 알게 될 만큼 그녀와 나쓰키의 거리는 가까워졌을지 모르지만, 여전히 나쓰키의 목적인 '웃기기 챌린지'에는 별다른 진전이 없었다.

나쓰키는 사라사가 좋아한다고 했던 별이나 천체관측

에 대해 검색을 해보기도 했다. 그러나 천체에 대한 정보는 너무나도 방대했고, 나쓰키가 외운 건 이미 누구나 알고 있는 유명한 정보들뿐이었다.

올해는 33년에 한 번꼴로 발생하는 사자자리 유성군을 볼 수 있는 해라고 한다. 당장은 도움이 안 되겠지만 나쓰키는 일단 휴대전화에 일정을 추가해두었다.

사라사의 웃는 얼굴을 보기까지의 길은 생각보다 멀고 험난했다. 그러나 나쓰키는 자신도 놀랄 정도로 이 도전에 진심이었다.

그래서 어제는 나쓰키답지 않은 실수를 하고 말았다. 부담 없이 가볍게 말할 생각이었는데 너무 긴장을 했던 것 같다.

나쓰키는 조금 일찍 에노시마 역에 도착해 사라사를 기다렸다. 그러고는 벤치에 앉아 있다가 어제 사라사와의 대화를 떠올려버렸다.

"저… 사라사, 나, 나랑… 그러니까 그…….."

"응. 왜?"

"그러니까… 내일, 데…….."

"돼? 뭐가…?"

"나랑 데이트하지 않을래?"

떠올리기도 싫을 정도로 선명하게 기억났다. 마지막에는 음 이탈마저 났던 것 같다.

사라사는 담백하게 "응, 좋아."라고 대답해줬지만, 승낙해준 것이 의외일 정도로 좋지 않은 데이트 신청이었다.

나쓰키는 머리를 감싸고 자책했다. 왜 그렇게 긴장을 했을까? 여자와 데이트하는 게 처음도 아닌데. 굳이 '데이트'라는 말을 꺼내지 않고 가볍고 자연스럽게 물어볼 생각이었는데.

사라사와 데이트를 하려고 한 것은 대학이라는 익숙한 환경을 벗어나면 그녀를 웃게 할 수 있을지도 모른다고 생각했기 때문이다. 그뿐이다. 그렇게까지 쑥스러워 할 일이 아니었다. 그런데도⋯ 왜⋯⋯.

"나쓰키, 왜 그래?"

자고 있던 로코가 가방에서 나오며 물었다.

"아니야, 그냥 혼자 있고 싶어⋯⋯."

"그래? 알겠어. 그럼 나는 이만."

로코는 기지개를 켜더니 어딘가로 가기 시작했다.

"어디 가는 거야, 로코."

"나쓰키, 데이트는 단둘이 하는 거야. 나는 영국 신사니까. 데이트를 방해할 리가 없잖아. 그렇게 멀리 가지는 않을 테니까 걱정 마."

"정식으로 데이트한다는 건 아니고, 자, 잠깐만……."

로코를 불러 세우려던 나쓰키가 황급히 멈추었다. 떠나가는 로코와 엇갈리듯 사라사가 왔기 때문이다.

로코는 사라사를 보더니 잠시 걸음을 멈추고 그녀를 올려다보며 야옹야옹 울었다. 사라사는 입가에 손을 얹고 잠시 고민하더니, 검은 고양이와 눈을 마주치고 야옹, 하고 대답했다. 그 모습이 어딘가 기묘하기도 하고 우습기도 해 웃음이 터졌다. 민망함이 아예 다 가신 건 아니지만 마음이 한결 가벼워졌다.

"안녕, 사라사!"

나쓰키는 애써 경쾌하게 말을 걸었지만 그녀는 웃어주지도, 밝은 목소리를 내지도 않았다. 다만 터벅터벅 걸어와 나쓰키 옆에서 걸음을 멈췄다. 그러곤 한마디를 건넸다.

"안녕."

나쓰키와 눈을 똑바로 마주친 채 다가오는 사라사. 그녀의 독특한 소통 방식에 익숙해졌다고 생각했는데 오늘은 조금 쑥스러운 마음이 들었다.

"사라사, 왠지 오늘은 평소와 느낌이 다르네. 옷도 그렇고."

평소 깔끔한 무채색 코디를 즐겨 입는 사라사였지만, 오늘은 레몬색 티어드 원피스를 입고 있었고 메이크업도 평소와는 달랐다. 꽤 여성스러운 분위기가 풍겼다.

"응. 데이트 간다고 하니까 언니가 골라줬어."

"하하하… 아, 그런데 신발은 역시 운동화구나."

"응. 언니가 신으라고 했어… 샌들은 걷기 힘들어서."

"아하하… 그것도 사라사답네. 그래도 오늘 엄청 귀여워."

나쓰키는 어색하게 말했다. 속으로도 분명 귀엽다고 생각했지만 왠지 평소처럼 가볍게 말하기가 어려웠고, 그래도 무슨 말이라도 해야 할 것 같아 나름대로 고심해 꺼낸 말이었다.

사라사는 눈을 동그랗게 떴는데 왠지 모르게 놀라는 표정 같았다.

"정말?"

"어? 아, 응. 진짜."

"그렇구나."

사라사의 반응은 나쓰키의 예상과는 달랐다. 두 손을 가슴 앞에 꼭 쥐고 있었지만 여전히 무표정해서 지금 마음이 어떤지는 알 수 없었다.

"기분 좋다."

"진짜?"

"응… 그렇게 안 보여?"

나쓰키가 놀라며 되묻자 사라사는 고개를 숙이고 눈을 내리깔았다. 하지만 그러는 순간에도 역시 표정은 거의 변하지 않았다.

"슬슬 갈까? 사실 나 여기는 처음이야. 근처에 살면서도 잘 안 오게 되네."

"응, 나도 와본 적 없어."

나쓰키와 사라사는 나란히 걸었다. 그 길로 쭉 가면 신에노시마 수족관이 나왔다. 바닷가 거리에서는 파도 냄새가 풍겼고 바람이 상쾌해서 초여름인데도 딱히 덥다고 느끼지는 않았다.

나쓰키는 몸집이 작은 사라사의 속도에 맞춰 걸음을 늦추고 그녀의 옆얼굴을 바라봤다. 무표정하긴 했지만 바람에 휘날리는 머리를 잡고 바다를 보는 표정이 어딘가 기분이 좋아 보이기도 했다. 그 표정을 오래 보고 싶어서 나쓰키는 아무 말도 하지 않고 묵묵히 걸어갔다.

남들이 보기엔 둘이 일행처럼 보이지 않을지도 모르지만, 어깨를 나란히 하고 걷는 지금 이 순간이 너무 자연스럽고 왠지 모르게 비밀을 공유하는 것 같기도 해서 재미

있었다. 조금 전 로코가 떠나며 말한 '단둘'이라는 단어가 떠올라 괜시리 쑥스럽던 중 사라사가 입을 열었다.

"기분 좋지?"

"어?"

"바람 말이야."

"그렇네."

나쓰키는 짧게 묻고 답했지만, 사라사의 마음을 알아챈 것이 자신도 놀랄 만큼 기뻤다.

*

신에노시마 수족관에 도착한 두 사람은 일반적인 데이트 코스를 차례로 돌았다.

동그란 수조에 떠다니는 해파리, 가까이서 보면 생각보다 큰 카피바라, 물을 뿜으며 쇼를 보여주는 돌고래. 평소에는 쉽게 만날 수 없는 동물들의 환상적이거나 사랑스럽거나 유쾌한 모습에 수족관이 처음이었던 나쓰키도 매료됐다. 근처에 있던 가족들이나 커플들도 감탄하며 즐기고 있었다.

사라사는 눈썹 하나 까딱하는 일 없이 어딘가 졸린 듯

보이는 모습…이라고, 조금 전의 나쓰키라면 생각했을 것이다.

그러나 실은 그렇지 않다는 것을 나쓰키는 알게 되었다. 사라사는 여전히 무표정했고 목소리 톤을 높이지도 않는다. 하지만 카피바라에게 다가갔을 때는 아주 잠시지만 겁을 먹었던 것 같았다. 물어보니 생각보다 더 짐승 같은 느낌이 강했다고 했다. 떠다니는 해파리를 볼 때는 입을 벌리고 있었다. 사라사는 아니라고 했지만 아마도 처음 본 듯한 광경에 내심 조금은 감탄했을 것이다.

그밖에도 관내 곳곳에 있는 설명문을 읽고는 혼자 고개를 끄덕이거나 고개를 갸우뚱하고, 모르는 아이와 나란히 수조를 들여다보는 등, 자세히 보면 사라사는 나름대로 여러 가지 반응을 하고 있었다. 아주 미묘하게, 그렇지만 분명히.

나쓰키는 생각했다. 감정을 느끼지 못하는 것처럼 보이는 그녀는 사실 누구보다 솔직하게 삶의 희로애락을 느끼고, 순수하게 그것을 드러내고 있다고. 미소를 보이지 않는 것은 단지 그녀가 웃을 정도의 일이 없었기 때문이다.

항상 자신을 속이고 주변에 맞춰 웃는 사람도 있다. 예를 들면 나쓰키 자신처럼. 하지만 분명 그녀는 그렇게 하지 않을 것이다. 그렇게 못하는 것일 수도 있지만.

"나쓰키."

생각에 잠긴 채 멍하니 걷던 나쓰키의 의식이 돌아왔다. 정신을 차려보니 사라사가 나쓰키의 셔츠 자락을 잡고 있었다.

"아, 미안. 뭐라고 했지?"

"펭귄 보러 가고 싶어."

사라사의 목소리는 조금도 즐거워 보이지 않았다. 하지만 분명 펭귄이 보고 싶을 것이다. 오늘의 메인이벤트는 펭귄 수조에서 진행된다고 했으니 나쓰키도 기꺼이 가기로 했다.

"좋아, 나도 보고 싶어."

"응."

드물게 사라사가 나쓰키보다 앞서 걸었다. 걷는 모습은 여느 때와 같았지만 발소리 리듬은 평소와 다른 것 같았다.

펭귄 수조 앞에 도착했을 때 펭귄 몇 마리가 아장아장 걷고 있었다. 그런데 그중 한 마리가 발을 헛디뎌 물속으로 풍덩 빠졌고, 그 모습이 우스꽝스러우면서도 사랑스러워 주위의 입장객들은 소리 내어 웃었다. 하지만 사라사의 시선은 물속으로 빠진 펭귄의 뒤를 조용히 쫓을 뿐이었다. 나쓰키도 거기에 홀려버렸다.

물 밖에서 얼빠진 모습을 보였던 펭귄은 물속에서는 매끄럽게 움직이고 있었다. 마치 물속을 날듯이 자유자재로 움직이는 모습이 아름답게 느껴졌다. 많은 사람이 보고 있다는 것 따위는 전혀 신경을 쓰지 않는 것 같았고, 기분이 좋아 보이기까지 했다.

"멋있다."

사라사는 그런 펭귄을 이렇게 평가했다. 펭귄에 대한 평으로는 드문 것 같지만 지금은 나쓰키도 동의했다.

독특하고 풋풋한 그녀의 반응이 재밌어서 묵묵히 펭귄 수조 앞에서 구경하기를 몇 분, 나쓰키는 비로소 오늘 사용하려던 마법을 떠올렸다. 펭귄의 생태에 대해서라면 리포트도 쓸 수 있을 만큼 자세히 공부했고, 울음소리를 알아듣는 데도 시간을 들여 겨우 습득한 마법이었다. 이번에야말로 사라사를 웃게 해주겠다고, 나쓰키는 생각했다.

"사라사, 저기 저 펭귄들 움직이는 게 뭔가 재미있지 않아?"

"응?"

사라사에게 말을 걸면서 나쓰키가 손가락을 튕겼다.

희미한 빛이 손가락 끝에서 새어 나와 인간이 알아들을 수 없는 영역대의 주파수로 변했다. 그 주파수는 수조 유리를 관통해 펭귄 몇 마리에게 닿았다.

이것은 새에게 소원을 비는 마법이었다. 빌 수 있는 소원은 단순한 내용뿐이고 그것을 들어줄지 말지는 새에게 달렸기 때문에 효과를 보기는 쉽지 않은 기술이었다.

"오……."

사라사가 놀란 목소리를 냈다. 펭귄을 상대로 한 건 처음이라 나쓰키도 성공을 확신하지 못했는데 뜻밖에도 펭귄들은 가던 방향을 바꿔 사라사 앞으로 모여들었다.

야생 까마귀에게 연습했을 때는 보기 좋게 무시당했는데, 수족관 펭귄들은 신이 난다며 흔쾌히 들어주었다. 나쓰키의 마법 솜씨가 더 좋아져서 그런 건지도 몰랐다.

그들은 수족관 유리 바로 앞에 일렬로 서서 일제히 춤을 추기 시작했다. 이른바 '원숭이 춤'이라는 건데, 아무래도 펭귄이라 열심히 하는 것치고 잘 추지는 못했다. 하지만 짧은 날개를 위아래로 탁탁 흔들며 오른쪽을 봤다 왼쪽을 봤다 하는 엉성한 모습이 더욱 사랑스럽게 느껴졌다.

관람객들, 특히 아이들의 시선이 춤추는 펭귄과 사라사 쪽으로 모였다. 함성과 웃음소리가 터져 나왔다.

사라사의 고개가 펭귄들의 춤에 맞춰 조금씩 흔들렸다. 무릎에 손을 댄 그녀는 흥겨운 펭귄들의 쇼를 끝까지 봐주었다. 그리고 나쓰키 쪽으로 고개를 돌렸다. 긴장되는 순간이었다.

"펭귄이 원숭이 춤도 출 줄 아는구나."

눈이 마주친 사라사는 살짝 놀란 듯하긴 했지만 조금도 웃지는 않았다.

"이번에도 실패인가……."

나쓰키가 낙심하는 순간, 원숭이 춤을 마치고 저쪽으로 헤엄쳐가던 펭귄들이 뒤돌아보았다. 충격을 받은 것은 나쓰키뿐만이 아니었을지도 몰랐다.

"무슨 일이야?"

"아, 아니. 아무것도 아니야."

혼신의 마법이 아무 효력을 발휘하지 못해 기운이 빠진 나쓰키. 사라사는 고개를 갸웃거리며 그런 나쓰키를 올려다보았다. 그러나 사라사는 평소의 무표정이 아니었다. 기분 탓인지 몰라도 눈매가 서글퍼 보였다.

"나쓰키는 즐겁지 않아?"

예상 밖의 질문이었다. 생각해보면 여기 온 후 나쓰키는 사라사를 생각하며 침묵하거나 마법을 부리는 데만 너무 집중했는지도 몰랐다. 그러나 사라사가 그런 자신을 신경 쓸 줄은 생각지도 못했다.

"그럴 리······."

나쓰키는 거기서 말을 멈췄다. 그녀의 질문에서 어떤 마음을 읽었기 때문이다. 사라사는 '나쓰키는'이라고 말했다. 그 말이 나쓰키의 가슴에 달콤한 설렘을 가져왔다. 그래서 웃으며 대답했다. 나쓰키는 의식적으로 잘 웃지만, 지금은 굳이 의식하지 않았는데도 웃음이 나왔다.

"그럴 리가. 나도 너무 즐거워."

"그렇구나. 다행이다."

기쁜 얼굴로는 보이지 않아도 사라사는 나쓰키의 말을 의심하지 않았다.

"이제 어디 갈래?"

사라사가 물었다.

"배고파."

"그러고 보니 벌써 점심시간이네."

"응. 오늘 점심은 내가 살게."

"진짜?"

"진짜."

사라사는 주변에 바다 콘셉트 카페가 있다고 알려주었

다. 사라사도 수족관은 처음이라고 했으니 미리 알아보고 온 것 같았다.

나쓰키가 오늘을 위해 준비한 마법은 이미 썼으니 오늘은 더이상 기회가 없을 것이다. 하지만 그것으로 괜찮다고 생각했다. 오늘은 수족관에서 함께 놀았고 아주 재밌었으니까. 그리고 이건 데이트니까.

나란히 걷는 두 사람의 거리는 수족관에 막 도착했을 때보다 조금 더 가까워져 있었다.

*

다음 날, 나쓰키는 해변가에 접한 카페의 테라스 자리에 앉아 있었다. 로코가 꼭 여기의 쇼콜라 스콘을 먹고 싶다고 했고, 고양이를 동반할 수 있는 곳이 테라스 자리뿐이었기 때문이었다. 덧붙여 일반적으로 고양이는 초콜릿을 먹으면 안 되지만, 로코는 마법사의 심부름꾼이기 때문에 그 부분은 마법을 써서 스스로 해결할 수 있었다. "나는 고양이이기 전에 영국 신사니까! 스콘과 홍차를 즐길 수 없으면 곤란해!" 라고 했다.

그렇게 단 것을 좋아하지는 않는 나쓰키는 커피만 홀

짝이며 아까부터 테이블에 올려둔 양피지를 읽고 생각에 잠겨 있었다.

"역시 여기 스콘은 맛있네! 근데 나쓰키, 무슨 일 있어? 걱정이 있다면 상담해줄게!"

수염이 초콜릿 크림으로 범벅이 된 로코가 나쓰키의 마음을 알아차리고 앞다리를 들며 말했다. 나쓰키는 몇 가지 마법에 대해 적힌 양피지를 내려놓으며 말했다.

"다음에는 어떤 마법을 쓸까 생각하고 있었어."

나쓰키는 냅킨으로 로코의 입가를 닦아주며 대답했다. 사라사를 웃기려고 시도한 지 한참이 지났지만 좀처럼 실마리가 보이지 않았다.

"확실히 고전하고 있는 것 같긴 하더라."

"그렇지."

사라사와 함께 보내는 시간은 확실히 늘었고, 최근에는 같이 있는 것 자체가 즐거웠다. 그러나 나쓰키의 목적은 즐기는 것이 아니라 사라사를 웃게 하는 것이었다.

쓸 수 있는 마법은 늘었다. 마법의 효과도 예전보다 강해졌다. 하지만 사라사의 표정을 바꿀 수는 없었다.

"왠지 옛날 마법사가 좀 부러워졌어."

나쓰키는 푸념 섞인 목소리로 그렇게 중얼거렸다.

"무슨 뜻이야?"

"마법사가 활약하던 시절에는 지금처럼 편리한 게 별로 없었으니까, 마법으로 사람들의 환심을 사는 게 지금보다는 쉽지 않았겠어? 물을 긷는 마법이라든가, 음식을 차갑게 보관하는 마법 같은 것만 사용해도 마을 사람들은 엄청 좋아하며 웃었을 거야."

나쓰키의 생각은 단지 추론일 뿐이지만 아마 틀리지 않을 것이다. 새로운 마법이 100년 넘게 나오지 않은 것이 그 증거였다.

현대에는 마법으로 사람을 행복하게 하는 것이 어렵다. 수도만 틀면 마실 수 있는 물이 나오고, 냉장고도 언제든 쉽게 살 수 있으니까. 게다가 사라사부터가 꽤 난도가 높은 상대였다.

"…뭐, 나쓰키의 말도 일리가 있어."

"백 리쯤은 있지."

"하지만 말이야! 그러다 마법을 쓰지 않게 되면 새로운 마법이 생겨나는 일도 없어지고 마법사의 힘도 사라져버린다고!"

"그래서 점점 그렇게 돼가고 있는 것 아니겠어……."

나쓰키의 한숨에 로코는 우물쭈물하며 입을 다물었다.

원래부터 나쓰키는 마법사라는 것에 그다지 긍정적이지 않았지만, 사정을 자세히 알수록 더더욱 자신의 생각이 옳았다는 생각이 들었다. 누군가를 웃게 해주고 싶다는 목적은 좋지만 현대사회에 마법이라는 것 자체가 난센스일지도 몰랐다.

"그럼 사라사 웃기기 챌린지는 포기하는 거야?"

로코가 의자 위로 올라섰다.

"그런데 포기할 마음은 없는 게 고민이란 말이지……."

나쓰키는 테이블에 엎드렸다. 전혀 포기할 생각이 들지 않았다. 자신도 놀랄 정도로, 마법을 배우려는 의지는 그 어느 때보다 높았다.

매우 솔직하면서도 알기 어려운 표정을 짓는 그녀가 웃는 모습을 한 번이라도 보고 싶다.

로코는 안심한 듯 다시 의자 위에 앉았다. 그러고는 머리를 갸우뚱하며 깊이 생각한 뒤 말했다.

"혹시 이런 건 어떨까? 현대 마법사만 할 수 있는 일이 있는데."

"뭔가 생각났어? 대단한데?"

"잘 보라고. 저기 좀 봐."

로코가 앞다리로 가리킨 곳은 카페 옆 악기점이었다.

뭔가 득의양양한 얼굴을 하고 있었다.

"일단 해볼까……."

가끔은 도움이 되는 고양이다. 그러고 보니 로코가 심부름꾼이었지, 라고 나쓰키는 생각했다.

*

로코의 제안을 받아들인 나쓰키는 몇 주에 걸쳐 새로운 마법 하나를 터득했다. 이번에야말로 그녀를 웃게 할 수 있을 것 같다고도 생각했다.

그리고 오늘…….

나쓰키는 쇼난 일대에서도 음악 소리가 끊이지 않는 후지사와 지역의 라이브 하우스에, 그것도 기타를 들고 무대에 서 있다.

"이봐, 마리야. 괜찮겠어? 너무 긴장하지 말고 즐겁게 가자!"

목소리가 들린 쪽으로 뒤를 돌아보니, 거기에는 드럼 앞에 앉아 있는 음악 동아리 선배, 마츠다이라가 있었다. 그는 스네어 드럼을 치며 몸을 풀고 있었다.

"아, 선배님, 괜찮아요. 오늘 도와주셔서 정말 감사합니다.”

“아니야, 우리도 어차피 멤버 한 명이 부족했으니까. 네가 기타를 치는 줄 알았으면 처음부터 물어봤을 거야.”

“하하… 저 오늘 하는 곡밖에 못 치는데요…?”

“바보 같은 소리. 오늘 하는 곡이 얼마나 어려운데.”

나쓰키가 힘없이 웃자 마츠다이는 그것을 겸손으로 받아들인 듯 쾌활하게 웃었다. 그러나 나쓰키의 말은 사실이었다. 할머니께 배운 덕분에 바이올린과 피아노는 조금 다룰 줄 알았지만 밴드에서 사용하는 전자기타는 완전히 초보였다.

그래서 오늘은 새롭게 터득한 마법을 쓸 예정이었다. 악기의 구조와 악기를 만든 사람의 마음을 배우고, 느끼고, 연주할 곡을 이해하고, 소리를 마음속으로 재현할 수 있어야 비로소 사용할 수 있는 마법이었다.

직접 악기를 치지 않아도 곡을 연주할 수 있는 마법이었다. 그러나 배우는 데 상당한 노력이 필요했다. 악기점에서 일하는 선배에게 부탁해서 악기를 공부했고, 악보를 이해하느라 밤을 새웠다. 거기에 마법의 도움까지 받아 겨우 이 한 곡을 연주할 수 있게 된 것이었다.

“와주려나…….”

나쓰키는 베이스와 키보드가 세팅되길 기다리는 동안 객석을 둘러봤다.

뒤쪽에 우두커니 서 있는 그녀가 눈에 들어왔다. 사라사였다.

그녀를 초대한 것은 이틀 전이었다. 조금 급작스러운 초대이긴 했지만 사라사는 가고 싶다고, 가겠다고 고개를 끄덕였다. 온다고 했으니 올 줄은 알았지만 막상 그녀의 모습을 보자 마음이 안심되었다.

두 사람의 눈이 마주쳤다. 나쓰키는 가볍게 손을 들어 보였다. 사라사 주변 관객들이 목소리를 높이며 반응하자 사라사는 놀라서 주위를 둘러보더니 나쓰키를 보며 자기 자신을 가리켰다. 그 모습이 왠지 귀여워서 나쓰키는 웃음이 나올 것 같았다.

"그럼 다음 곡 갑니다! 동아리 회원인데 늘 회식에만 참석했던 이 녀석, 마리야가 오늘 기타를 칩니다!"

세팅이 끝났는지 뒤에서 마츠다이라의 목소리가 들렸다. 동시에 나쓰키를 부르는 함성이 객석에서 터져 나왔다.

나쓰키는 사라사만 초대할 생각이었는데 마츠다이라가 말했는지 나쓰키가 아는 얼굴도 많이 보였다. 무대에 서서 그런지 아는 사람이 많아서 그런지 아니면 사라사가 있어서 그런지 나쓰키는 긴장되는 마음을 감출 수 없었다.

"원, 투, 쓰리!"

마쓰다이라가 드럼 스틱을 치며 외치자 나쓰키도 타이밍에 맞춰 기타 치는 시늉을 했다. 이번에 연주할 곡은 〈Johnny B. Goode〉. 진짜 연주하는 것처럼 보이도록 나름대로 동작도 연습해 왔지만 들킬까 봐 조마조마했다.

그러나 막상 음악이 시작되자 나쓰키도 점차 흥이 나기 시작했다. 나쓰키는 무대 위를 뛰어다니거나 뒤로 기타를 연주하는 등의 퍼포먼스도 선보였다. 나쓰키의 익살스러운 연기 덕분인지 라이브 하우스의 열기가 한껏 달아올랐다. 모두가 환호성을 지르며 즐거워하고 있었다. 이거는 되지 않을까.

킬링 파트에 접어든 나쓰키는 기타를 현란하게 휘두르며 '어때?'라고 묻듯 사라사 쪽으로 시선을 돌렸다.

사라사는 다소 놀란 표정으로, 뜻밖에도 박수를 치고 있었다. 그녀 나름대로는 리듬을 타는 것 같았고 입을 살짝 벌리고 무슨 소리를 내는 것도 같았다. 그러나 역시 미소는 짓지 않았다.

가짜 연주를 무사히 마친 나쓰키는 라이브 하우스 티켓 부스 앞 소파에서 사라사와 만났다. 라이브 하우스가 처음이라고 했던 사라사의 양 볼은 살짝 상기되어 있었다.

"피곤하지? 오늘 갑자기 초대해서 미안해."

"안 피곤해. 재미있었어."

사라사는 그렇게 말하며 눈을 동그랗게 뜨고 나쓰키를 바라보았다. 그렇게 말해주다니 나쓰키는 내심 기뻤다.

라이브 하우스 안쪽에서 나는 음악 소리가 두꺼운 문을 넘어 나쓰키와 사라사가 앉아 있는 티켓 부스까지 들려왔다. 조금 시끄러울 수도 있는 소리였지만 지금 두 사람에게는 딱 좋게 느껴졌다.

그때, 통로 쪽에서 웅성거리는 사람들의 말소리가 울려왔다. 동아리의 다른 멤버들이 대기실에서 나오고 있었다. 그중 마츠다이라가 나쓰키를 알아보고 말했다.

"여기 있었구나. 수고했어, 마리야. 우리 이따 뒤풀이할 건데 너도 오지 않을래?"

"아… 어, 저는……."

나쓰키는 순간 당황해서 중얼거렸다. 마츠다이라와 함께 있던 몇몇이 사라사를 보고 자신들끼리 귓속말로 뭔가를 주고받았기 때문이다. 아마 사라사는 학교에서 혼자 다니기로 유명한 존재라, 여기에 있는 게 이상하게 보였을 것이다.

"죄송해요, 내일까지 동양사 리포트를 써야 해서 가봐야 할 것 같아요. 니시무라 교수님이 좀 고지식하잖아요. 저 작년에도 안 내서 그 마법 소굴 같은 연구실을 청소해야 할 처지라고요… 하하하."

"뭐? 리포트 제출 전날 라이브 공연을 했다고? 너무 여유로운 거 아니야?"

"마리야 군은 언제나 아슬아슬하네. 재밌는 녀석이야!"

나쓰키가 가벼운 어조로 농담하자 분위기가 좀 누그러졌다. 마츠다이라가 대답했다.

"그래, 그럼 다음에 보자!"

"네. 감사합니다."

나쓰키는 인사를 한 뒤 사라사에게 눈짓하고 함께 일어섰다. 사라사도 나쓰키를 따라왔다. 둘이 같이 가는 모습을 보자 그 자리에 있던 사람들이 가벼운 환호성을 질렀다.

나쓰키는 못 들은 척 라이브 하우스를 나왔다.

*

나쓰키와 사라사는 바닷가의 큰길을 걸어 역으로 향했다. 시간이 늦어서 그런지 길가에는 파도 소리와 두 사람

의 발소리만 울려 퍼졌다. 라이브 하우스 안이 꽤 더웠던
터라 몸을 스치는 바닷바람이 꽤 시원하게 느껴졌다. 나
쓰키는 걸음이 느린 사라사에 맞춰 천천히 걸었지만 그것
이 싫지 않았다.

"저기."

문득 사라사가 말했다.

"응?"

"전에 했던 말……."

나쓰키가 걸음을 멈추고 모래사장과 인도를 나누는 가
드레일 위에 앉자 사라사도 따라 앉았다.

"전이라면 언제?"

"여러 동아리에 들어가 있다고 말한 거… 곰곰이 생각
해보니 역시 대단해."

"응? 아, 아니야, 연주는 오늘 한 그 곡밖에 못 해……."

사라사는 잠시 말을 멈췄다가 이어갔다.

"나쓰키는 여러 가지 활동을 하고 있고, 친구도 많고…
항상 웃고 다니잖아. 정말 대단하다고 생각해."

아까부터 사라사가 무슨 생각을 하는지 궁금했는데,
그녀가 그렇게 생각하는지는 정말 몰랐다. 처음 만났을
때 사라사는 나쓰키에게 '실실 웃는 애'라고 평했을 정도

니까.

"나쓰키가 열심히 살고 있다는 걸 아니까."

사라사의 말에 나쓰키는 움찔했다. 확실히 마리야 나쓰키는 사람들에게 잘 맞춘다. 동성, 이성 할 것 없이 친구가 많고 선배들에게는 귀여움을 받는다. 항상 경쾌하고 명랑한 모습이 자연스러웠다. 하지만 그건 나쓰키의 본래 성격이 아니라 그렇게 하려고 노력하고 있을 뿐이었다. 하지만 누군가 이렇게 말해준 적은 없었다.

"말 그대로 대단하다, 눈부시다고 생각해. 나는… 할 수 없으니까."

언뜻 보면 그녀는 평소와 같은 무표정이었다. 다만 근처 가로등 불과 달빛을 받은 그녀의 옆모습에서 나쓰키는 어떤 쓸쓸함을 느낄 수 있었다.

"그런가. 친구들이 많은 편이긴 하지만, 많다고 다 좋은 건 아니야. 친구가 많은 것보다 진정한 친구 한 명이 더 낫다는 말도 있잖아."

뭐라고 해야 할지 몰라 나쓰키는 순간적으로 그렇게 말했다. 이렇게 말하며 나쓰키는 자신의 친한 친구를 떠올리려 했지만 아무도 떠오르지 않았다.

사라사는 눈을 감고 말했다.

"나는 친구가 없어."

의외의 말에 나쓰키는 능숙하게 받아칠 수 없었다.

"나 얼마 전에 아르바이트 면접 보러 가봤어… 패밀리 레스토랑 홀서빙."

사라사는 쓴웃음을 짓던 나쓰키를 바라보며 또다시 예상 밖의 화제를 던졌다. 이건 방금 말한 것과 이어지는 걸까… 판단을 할 수 없었던 나쓰키는 일단 사라사의 말이 이어지기를 기다렸다.

"뭔가 새로운 걸 해야 할 것 같아서. 근데, 떨어졌어…….".

"아…….".

속삭이는 듯한 목소리로 사라사가 전한 것은 흔치 않은 일이다. 아르바이트를 모집하고 있는 패밀리 레스토랑은 기본적으로 일손이 부족할 테고, 사라사는 용모도 단정한 편이었어서 떨어진 게 좀 의외라는 생각이 들기는 했다.

"점장님이 그러시더라. 한번 웃어보라고."

"아…….".

"열심히 했어. 진짜 열심히 해봤어. 그런데 웃을 수가 없었어. 어떻게 해야 할지 모르겠더라… 결국 떨어졌지 뭐…….".

사라사의 어조는 담담했다. 그러나 그럴수록 나쓰키는 괴로워졌다.

"웃는 게 어려워."

사라사는 그렇게 말하고 양손 검지를 자신의 입꼬리에 대고 살짝 들어올렸다. 사라사의 입가는 웃을 때와 비슷해지긴 했지만 진짜 웃음과 달리 어딘가 생명이 없는 것 같았다.

"히히."

사라사는 웃는 연습을 반복했지만 잘되지 않았고 그 때문인지 "으…" 하고 작은 소리로 한탄했다. 분명 사라사는 이 연습을 거울 앞에서 몇 번이나 했을 것이다.

이번에는 눈꼬리에도 손끝을 대고 강제로 내렸다. 무표정한 얼굴을 손으로 움직이는 모습은 로봇 같기도 했다. 그쯤 되니 이제 그녀의 얼굴은 이상하게도 보였고 유머러스하게도 보였다.

"그만둬……."

나쓰키는 그런 그녀를 보는 게 마음 아팠다. 그리고 그 점장 같은 사람들에게 화가 났다. 웃고 싶어도 웃지 못하는 사람에게 웃어보라고 생각 없이 말하다니. 그는 사라사에 대해 알지 못했을 테니 화낼 일이 아니라는 건 알지만, 그럼에도 불구하고 화가 났다.

"역시 이상하지?"

"이상하지 않아. 네 얼굴이 재밌어서 웃음을 참느라 그런 거야."

"그렇구나. 그럼 다음에 기습적으로 해볼게."

"아하하, 기대된다."

나쓰키는 진지한 얼굴로 대답하는 사라사를 보고 웃음을 터뜨렸다. 사라사는 숙이고 있던 고개를 들어 별을 올려다보며 말했다.

"나는 웃거나 기뻐하는 걸 잘 못해. 열심히 해도 안 되더라. 그래서 사람들은 나를 싫어하거나 혼을 냈지."

나쓰키는 아무 대답도 할 수 없었다. 나쓰키도 모두 알고 있는 내용이었고 수긍했기 때문이다. 그렇게 수긍하는 자신이 참을 수 없이 싫다 하더라도.

"그러니까 항상 여러 사람과 즐겁게 웃는 나쓰키가 대단하다고 생각해."

사라사가 이번에는 나쓰키를 보았다. 가드레일 위에 나란히 앉아 있는 두 사람의 눈이 마주쳤다. 이 둘의 거리는 아주 가까웠다.

"그건……"

나쓰키는 사라사의 진심 어린 말에 눈을 피하고 말았다. 자신은 그렇게 좋은 사람이 아니기 때문이다. 주변 사람들과 잘 지내는 작은 재주가 있긴 하지만 이것도 언제부터인가 그저 습관처럼 됐을 뿐이다.

"가끔 나에게도 말을 걸어주는 사람은 있었지만 내가 반응을 잘 못하니까 결국엔 다들 떠나버렸어. 이렇게 계속 함께해주는 사람은 나쓰키뿐이야. 나쓰키랑 있으면 이런 나도 즐겁다고 느낄 때가 있어. 너무 대단해."

"그렇지도 않아. 대단한 사람은……."

너야, 라고 전하고 싶었지만 말해봤자 분명 이해하지 못할 것이다. 나쓰키는 감동했다.

사라사는 항상 혼자였다. 그것은 그녀가 혼자 있길 좋아하는 사람이기 때문이라고 생각했다. 누가 뒷말하든 피하든 그런 것은 신경 쓰지 않는 사람이라고 생각했다.

근데 아니었다. 그녀는 사람들과 가까워지기 위해 노력했고 웃고 싶었지만 웃을 수 없었다. 그런 사람이 혼잡한 학생식당에서 매일 홀로 식사를 하고 있었다니.

나쓰키 자신은 그럴 수 있을까? 그럴 용기가 있을까? 사라사는 자기 자신을 속이지 않는다. 꾸미지 않는다.

군중 속 고독을 느끼며 혼자 서 있는, 서툴지만 아주

솔직한 사람. 그것이 나쓰키가 본 하츠미 사라사였다. 늘 전전긍긍하는 마법사인 자신과는 얼마나 다른지… 나쓰키는 사라사의 그런 점에 끌렸는지도 모른다.

"사라사, 억지로 웃으려고 하지 않아도 될 것 같아. 음……."

나쓰키는 하려던 말을 삼키고 다른 말을 하기로 했다.

사라사에게, 나는 네가 생각하는 것처럼 좋은 사람이 아니라고 말하기는 쉽지만, 사실 그건 아무 의미도 없으니까. 고맙다고 말해준 사라사의 마음을 배신하고 싶지 않으니까.

나쓰키는 그때와는 다른 마음으로 같은 의미의 말을 할 수 있을 것 같았다.

"내가 웃게 해줄게."

나쓰키는 붉어진 볼을 긁적이며 눈을 하늘에 둔 채 그렇게 말했다. 그 모습이 가벼워 보여서 마치 장난 같은 느낌도 들었지만, 주사위는 이미 던져졌다.

사라사도 가슴에 손을 얹고 고개를 끄덕이며 평소와 같은 대답을 했다.

"응… 고마워."

사라사는 나쓰키의 셔츠 소매를 조심스럽게 쥐었다. 그러자 나쓰키는 평소답지 않게 굳어버렸다. 가슴 속 깊은 곳에서 뜨겁고 짜릿한 무언가가 샘솟아서 평소처럼 가볍게 농담을 할 수도 없었다.

두 사람 사이에 다시 드리운 침묵. 그것을 깬 것은 나쓰키도 사라사도 아닌, 어디선가 끼어든 검은 털뭉치였다.

"잠자코 있으려니 이거 눈물 없이는 들을 수가 없네… 어쩔 수 없다! 나도 앞으로는 나쓰키를 도와줘야겠어!"

아까부터 둘 근처를 서성이던 로코가 나쓰키의 오른쪽 어깨에 올라타 말했다.

"고… 고양이…?"

사라사는 조금 놀란 기색이었지만 돌돌 말린 이불처럼 나쓰키의 어깨에 자연스럽게 앉아 있는 로코가 신기한 듯했다.

"이렇게 만나는 건 처음이네. 나는 마리야의 자랑스러운 심부름꾼 로코티아카 파넬리아 오브 더 노잠푸르 3세야. 잘 부탁해!"

로코는 장황하게 자기소개를 했지만 사라사에게는 그저 야옹거리는 소리로만 들렸을 것이다.

"이 녀석은 우리 집 고양이 로코야. 혼자 나가서 산책을 하는 걸 좋아해."

"그렇구나. 왠지 품위 있는 고양이네."

사라사는 살며시 손을 뻗어 로코를 쓰다듬었다.

"잘 부탁해."

"어, 저기, 나를 쓰다듬어도 좋다는 말은 안 했어!"

사라사의 부드러워 보이는 손바닥이 로코의 허리 부근에 닿았다.

"귀여워."

"그만하라고! 나를 단순한 고양이 취급하지 마!"

로코가 이렇게 외치는 것도 모른 채, 사라사는 계속해서 로코를 쓰다듬었다. 일방적으로 쓰다듬어지는 검은 고양이, 무표정하지만 무감정은 아닌 여자, 반쪽짜리 마법사.

무언가 변하기 시작한 그날 밤, 나쓰키는 별들의 세계에 있는 것 같다고 생각했다.

제2장

그래,
내가 죽어도

사라사를 역까지 바래다준 그날 밤, 나쓰키는 리포트를 마무리한 후 요즘 매일 하는 마법 수련까지 마친 뒤 잠자리에 들려던 참이었다. 나쓰키의 방은 복층 구조의 넓은 원룸으로, 침실이어야 할 2층은 창고가 되어 있었고 침대는 1층의 넓은 창가에 놓여 있었다.

나쓰키는 불을 끄고 눈을 감았다. 아침마다 바다에 반사되는 햇살을 받으며 일어나는 것을 좋아해서 굳이 커튼을 치지는 않았다. 게다가 오늘은 별의별 일이 많았어서 잠을 잘 잘 수 있을 것 같았다.

그때, 해먹에서 자는 줄 알았던 로코가 말을 걸어왔다.

"나쓰키."

"뭐야, 깨어 있었어?"

나쓰키는 고개를 돌려 해먹 쪽으로 시선을 두었다.

"어쩌면 너는 100년 만에 새로운 마법을 만들어낼 수 있을지도 몰라."

로코는 나쓰키에게 시선을 주지 않고 꼬리만 살랑살랑 흔들며 말했다.

"그게 무슨 뜻이야?"

"전에 릴리 님이 그러셨다면서, 마법사는 누군가를 진심으로 행복하게 해줄 때 새로운 마법을 만들어낼 수 있다고."

"아, 응. 그렇다고 하더라고."

나쓰키는 할머니에게 새로운 마법의 위력이 어떻게 결정되는지 물었지만 위대한 마녀는 기분 좋은 듯한 얼굴로 어물쩍 넘어갔었다.

하지만 나쓰키는 새로운 마법을 만들어내고 싶은 게 아니라 사라사가 지극히 평범하고 누구나 지을 수 있는 미소를 짓게 하고 싶을 뿐이었다. 진심으로 행복한 미소가 어떤 건지는 자신도 모르겠지만…….

"응, 그건 알아. 그런데 지금 너는 꽤 진지해 보여. 내가 생각할 때 넌 단지 그 아이가 미소 짓는 걸 보고 싶은 게 아니라 진심으로 웃게 해주고 싶은 것 같은데……."

"…그게 뭐가 달라?"

반쯤 졸던 나쓰키는 로코의 말을 이해하지 못하고, 졸려서 조금씩 작아지는 목소리로 로코에게 물었다.

"전혀 다르지! 요즘 넌 그 애를 웃게 해주고 싶다는 열망이 싹트고 있는 것 같아. 마법의 힘이 강해지는 것도 아마 그 이유일 거야."

"그러니까… 그게 무슨 차이냐고……."

"음… 그러니까, 나쓰키. 너는 이제 열 살짜리 어린아이도 아니고, 또 지금 네 곁에 있는 사람들은 모두 널 좋아해. 그러니까 그렇게 무리하지 않아도 돼."

나쓰키는 이불을 머리까지 덮고 대답했다.

"…알고 있어. 잘 자."

로코와 나쓰키는 어릴 때부터 함께해온 친구나 다름없었다. 그래서 로코는 가끔 옛날이야기를 꺼내기도 했는데, 나쓰키는 이 이야기를 좋아하지 않았다.

물론 지금의 나쓰키는 친구들도 많고 제법 인기도 있다. 패션이나 말투도 신경을 쓰고, 누구에게나 소탈하고 친절하게 대하고 있다. 할머니 덕분에 음악이나 요리, 운동 같은 것도 꽤 잘한다.

로코가 말한 대로 더 이상 다 지난 옛날 일은 신경 쓰고 싶지 않다. 그런데 로코랑 이런 얘기를 한 밤에는 그때로 돌아가는 꿈을 꾸곤 한다. 그게 싫었다.

*

초등학생 나쓰키는 반 친구들에게 따돌림을 당하고 있었다. 어린 나쓰키의 품 안에는 피투성이가 된 토끼 한 마리가 안겨 있었다. 학교 사육장에서 키우던 토끼였다. 들개에게 습격당한 것인지 누군가 해코지를 한 것인지는 모르겠지만 어쨌든 토끼는 죽어가고 있었다.

'역시 싫어……'

자주 꾸는 꿈이라 그런지 금방 알 수 있었다. 이건 현실이 아니다. 하지만 꿈이라 해도 가능하면 보고 싶지 않은 장면이다.

학교에 온 나쓰키는 웅성거리는 반 친구들 사이에서 죽어가는 토끼를 보고야 말았다. 너무 아파 보여서 지켜보는 것도 힘들었다.

'나라면 무언가 해줄 수 있을지도 몰라.'

그렇게 생각한 나쓰키는 사육장 안으로 들어가 토끼를 안고, 얼마 전 배운 '치유 마법'을 사용했다.

나쓰키의 손에서 기묘한 빛이 흘러나와 토끼의 상처를 감쌌다. 숨을 헐떡이며 떨고 있던 토끼는 어느덧 잠잠해졌고 통증도 잊은 듯 평온하고 차분한 얼굴로 잠이 들 듯 그대로 죽었다. 꺼져가는 생명을 차마 살리지는 못했던 것이다.

"지금 쟤 뭐 하는 거야?"

"뭐야, 무서워……."

"나쓰키 아니야? 쟤 전에도 저랬던 것 같은데……."

"이상해."

"그… 그만 가자!"

아이들은 솔직하고 겁이 많고 천진난만하기에 잔인하다. 그날부터 나쓰키의 학교생활은 180도 바뀌었다. 친구들은 나쓰키에게 손가락질을 했고 가까이 지나가면 코를 막는 시늉을 했다. 나쓰키를 만지고 오는 게 담력 테스트나 벌칙이 되곤했다.

친구인 줄 알았던 남자아이도, 귀여운 편지를 전해줬던 여자아이도 모두 나쓰키를 멀리하고 피했다. 마리야 나쓰키는 얼마든지 상처를 줘도 되는 사람이 되어 있었다.

지금 생각하면 토끼 사건은 계기에 불과했다. 작은 키와 할머니로부터 물려받은 밤색 머리카락, 여자아이들에게 인기 있다는 이유로 받던 질투와 반감, 자신은 평범한 아이들과는 다르다는 특권의식까지 여러 가지 문제가 단번에 터지면서 나쓰키는 극심한 따돌림의 대상이 된 것이다.

그때의 기억은 꿈속에서 계속해서 플래시백되고 짧게 요약한 한 편의 영화처럼 흘러갔다. 배경음악은 어릴 적 나쓰키의 울음소리다.

친구들에게 얻어맞거나 급식 잔반을 머리에 뒤집어쓰는 것도 힘들었지만, 가장 큰 고통은 그 뒤에 찾아왔다. 모두가 나쓰키를 무시하기 시작했다. 마치 나쓰키가 안 보인다는 듯 행동했고 나쓰키가 말이라도 걸면 귀찮은 듯 눈살을 찌푸리거나 괜히 화를 냈다. 사람에게 가장 상처를 주는 게 무엇인지 아이들은 직감적으로 아는 것 같았다. 아무도 나쓰키에게 웃어주지 않았다.

'나한테도 웃어줘, 제발.'

모두가 즐거운 듯이 웃고 있는 교실에서 나쓰키는 언제나 혼자였다.

나쓰키는 어린 자신을 영화 속 등장인물 보듯 바라보며 탄식했다. 그 사건 이후 나쓰키는 여러모로 조심하고 노력했다. 이젠 마법을 들키지 않게끔 조절할 수 있게 되었고 많은 사람과 함께 웃으며 어울릴 수 있게 되었다.

그런데도 외톨이였던 어린 나쓰키는 여전히 이따금씩 꿈에 등장해 내내 나쓰키를 괴롭게 했다. 지겨울 정도로 반복되는 꿈속에서 나쓰키는 이상한 걸 느꼈다.

'어?'

혼자였을 자신의 옆에 누군가가 있었다. 여자아이였다. 옅은 갈색빛 머리를 가진 어린 여자가 나쓰키를 바라보고 있었다.

울고 있는 나쓰키와 그녀의 눈이 마주쳤다. 그렇지만 그녀의 표정을 잘 모르겠다. 그녀는 그러고 나서…….

나쓰키는 그 뒤를 볼 수 없었다. 해먹에서 뛰어 내려온 검은 고양이가 냥냥펀치를 날리며 아침을 달라고 투정을 부리고 있었기 때문이다.

*

　쇼난 종합병원의 15년차 신경외과의인 가미자토는 검사 결과를 보고 깜짝 놀랐다. 그러나 이 결과에 대해 환자와 보호자에게 거짓말을 할 수는 없었다.

　"선배, 어떤 결과라도 받아들일 준비가 되어 있으니 솔직히 말해줘요."

　어떻게 말을 꺼내야 할지 몰라 곤란해하던 가미자토에게 하츠미 이오리가 먼저 말을 꺼냈다. 그녀는 같은 병원에서 근무하는 동료 의사지만 지금은 여동생 사라사의 보호자로서 이곳에 와 있다. 그녀는 동생의 어깨에 손을 얹고 진지한 표정을 짓고 있었다. 의자에 앉은 사라사는 평소와 같은 무표정이었다.

　"일단 이쪽을 봐줘."

　가미자토가 검사 결과를 보여주었다. 혈중 적혈구와 백혈구의 수, 뇌파, 세포의 상태, 모든 수치가 생각보다 더 안 좋았다.

　"맙소사……."

　이오리의 표정이 흐려졌다. 그녀가 놀라는 게 무리는 아니었다. 그녀는 지금 여동생 앞에서 씩씩한 척을 하고 있지만, 이 검사 결과가 무엇을 의미하는지 알고 있었기 때문이었다.

그래도 1년 이상은 버틸 줄 알았는데, 이런 진행 속도라면 그것도 장담할 수 없었다. 사라사의 병세는 이전보다 훨씬 빠르게 진행되고 있다.

가미자토는 무릎에 올려놓은 주먹을 불끈 쥐었다. 자신의 무력함을 절감하며 괴로웠지만 환자 앞에서는 냉정함을 유지해야 했다.

하지만 이런 상황 속에서도 사라사는 담백하게 대답했다.

"그렇구나."

가미자토는 사라사의 감정을 읽을 수 없었다. 이오리 말로는 곤란할 때나 슬플 때, 놀랐을 때 사라사의 표정이 전부 다르다는데 그건 사라사를 어렸을 때부터 지켜봐온 가미자토도 눈치채지 못할 정도로 작은 차이였다. 지금 자신이 전한 사실이 그녀를 슬프게 했는지조차 알 수 없어 가미자토는 어금니를 꽉 깨물었다. 그리고 자신의 기분이 전해지지 않도록 애써 미소를 지으며 말했다.

"사라사, 대학 생활은 재미있니? 좋은 일이 있었나보구나."

대학 진학은 사라사의 뜻이었다. 부모님과 이오리, 가미자토의 반대에도 사라사가 자신의 의지를 끝까지 관철한 결과였다. 그녀의 병세가 이토록 빠르게 진행된 것은, 그녀가 그토록 바라던 일이 잘 이루어지고 있다는 것을 보여주는 것이기도 했다. 그것은 슬프고 잔혹한 희소식이었다.

"네, 재미있어요."

사라사는 담담하게 고개를 끄덕이며 의연하게 대답했다. 눈앞으로 다가온 결말을 스물한 살의 사라사가 짊어지기에는 너무 힘들고 무겁겠지만, 그렇다고 멈출 수는 없었다. 사라사는 이미 각오했기 때문이다.

옆에 서 있던 이오리가 손바닥으로 입가를 누르고 울음을 참았다.

"그렇구나. 음, 나 역시도, 네가 웃을 수 있는 날이 오기를 기도하고 있어."

가미자토 역시 슬픈 감정을 억누르며 간신히 대답했다.

사라사는 어릴 때부터 계속 감정을 억눌러야만 했다. 그러다 보니 점차 웃는 방법도 잊어버렸다. 기쁨도, 즐거움도, 행복함도, 그녀는 충분히 느낀 적이 없었다. 그런 삶은 어떨지, 가미자토는 상상도 할 수 없었다.

사라사는 가미자토의 눈을 똑바로 보고 작게 고개를 끄덕였다. 그러면서 이렇게 말했다.

"괜찮아요. 저 소중한 사람이 생겼거든요."

예상 밖의 말에 가미자토는 귀를 의심했다. 사라사는 얼핏 보기엔 무표정인 것 같았다. 그러나 미세한 차이가 보이는 것 같기도 했다. 아래로 내리깐 듯한 시선, 살짝 붉어진 볼, 미세하게 떨리는 목소리, 그런 것들이 그녀의 마음을 속삭이듯 전하는 것 같았다.

"그렇구나. 다행이야."

"네."

고개를 끄덕이는 사라사는 분명 수줍은 듯했다.

＊

7월에 접어들었다. 1학기가 끝나가고, 봄의 새싹이 자라 푸른 숲을 이루는 계절. 올해 장마는 그렇게 많은 비가 내리지는 않았다.

현재 대학교 2학년인 나쓰키의 생활은 1학년 때와 크게 다르지 않았다. 수업을 듣고 리포트를 쓰고 아르바이트를 하고 동기들과 어울렸다. 달라진 것은 평소에도 열심히 마법을 연마한다는 것과, 한 여자를 만나는 날이 늘어난 것뿐이었다.

나쓰키는 사라사와 함께 가마쿠라, 요코하마, 에노시마 같은 관광지를 방문했고 가는 곳마다 장소에 맞는 마법을 선보이며 농담을 하고 장난을 쳤다. 사라사는 그런 나쓰키에게 즐겁다고 말해주었지만 나쓰키는 아직 목표를 달성하지 못했다.

학교에서도 둘은 함께 점심을 먹고 수업이 끝나면 집에 같이 갔다. 벤치나 도서관에서 혼자 『세계의 폭소 개그 100선』을 읽고 있는 사라사에게 나쓰키가 말을 거는 일도 부지기수였다. 이 둘은 다른 사람들에게 어떻게 보였을까.

"전부터 물어보고 싶었는데… 마리야 군, 이 여자애랑 사귀어?"

아니나 다를까 지나가던 나쓰키의 여자 동기들이 물었다.

"어? 아, 아니, 그게…….."

나쓰키는 옆에 있는 사라사의 눈치를 보며 말했다. 사라사는 눈을 동그랗게 뜨고 멍하니 있었는데, 나쓰키만 간신히 알아볼 정도의 표정 변화이긴 했지만 당황한 것 같았다.

"아니, 그런 건 아니고 그냥 같이 있다고 해야 하나? 하하……."

어쩔 수 없이 나쓰키가 웃으며 얼버무렸다. 조금 늦게 사라사도 고개를 흔들며 말했다.

"안 사귀어."

그러자 여학생들은 작게 웃으며 말했다.

"아, 그렇지? 자주 같이 있길래 물어본 건데… 그럴 리가 없지."

"마리야 군과 로… 그 아이는 그다지 잘 어울리는 느낌도 아니고."

나쓰키는 여자 동기가 말하려던 "로…"가 '로봇'이라는 사라사의 별명임을 알았다. 사라사를 그렇게 부르는 것이 나쓰키로선 달갑지 않았다. 그녀가 로봇 같지 않다는 것을 나쓰키는 알고 있기 때문이다.

"나처럼 멋지고 잘생긴 사람과는 누구든 어울리기 힘들지!"

나쓰키는 장난스럽게 대답했다. 동시에 사라사의 어깨가 작게 움찔했다.

"뭐? 마리야 군 지금 자기 입으로 잘생겼다고 말하는 거야? 어우 진짜!"

"사실이잖아! 여자친구를 사귀어본 적은 없지만 나 정도면 괜찮지. 오히려 주변에서 나의 좋은 점을 못 알아본다는 설이 있어."

"아하하! 그런 말을 안 하는 게 더 멋있는 것 같은데~"

그런 대화가 오가면서 분위기가 가벼워졌다.

"아! 맞다, 마리야 군. 이제 여름방학이기도 하고 해서 토요일에 비치 파티 하려는데 올래? 벌써 열 명 정도 모였어. 사라사도 같이 와도 되고."

'비치 파티'는 오키나와의 문화 중 하나인데 요즘 다시 유행하는 모양이었다. 쉽게 말하면 해변에서 바비큐를 하고 술도 한잔 곁들이는 것이었다.

"알았어. 아르바이트 하는 날인지 확인해볼게."

"올 수 있으면 꼭 와!"

여자 동기들은 그렇게 말하면서 떠났고, 나쓰키는 손을 흔들면서 비치 파티도 좋겠다는 생각을 했다. 좋은 곳에서 먹으면 평소 먹던 맥주나 대충 구운 바비큐도 더 맛있게 느껴지니까. 또 이 기회에 사라사도 친구들을 사귈 수 있고, 나아가 그녀가 웃을 수 있을지도 모른다. 사라사가 요즘 살도 빠지고 기운도 없어 보이니 같이 고기를 먹는 것도 좋을 것 같았다.

"저기, 사라사."

"응?"

"토요일에 친구들이 비치 파티 한다는데 같이 갈래?"

사라사는 턱에 손을 얹고 생각에 잠겼다. 이렇게 고민을 할 때는 그녀가 입을 열 때까지 느긋하게 기다려야 했다.

"하지만 나를 데려가면… 나쓰키의 평판이 나빠질 것 같은데……."

심사숙고 끝에 나온 말은 상당히 의외였다. 혹시 아까 여자애들이 말한 것 때문에 이렇게 대답하는 걸까.

"에이, 무슨. 사실 아까 '우리 사귀어!'라고 말해버릴 까도 생각했었거든. 장난으로 말이야."

나쓰키가 반 농담으로 그렇게 말하자 사라사는 고개를 숙였다. 사라사의 귓불이 살짝 빨개지자 나쓰키의 귀도 덩달아 뜨거워진 것 같았다.

"나쓰키가 간다면… 나도 갈게."

한참 망설이다 대답한 사라사의 말에 나쓰키는 웃고 말았다.

"왜 웃어?"

"재밌으니까."

"뭐가?"

"글쎄, 뭘까?"

나쓰키의 웃음이 좀처럼 가시지 않자 사라사는 고개를 돌렸다. 입꼬리가 완만하게 시옷 자로 일그러져 있었다. 화난 얼굴이었다. 이럴 때는 그냥 가만히 있는 게 좋다는 걸 나쓰키는 알고 있었다. 그래서 나쓰키는 그녀의 옆모습을 바라보며 가만히 옆에 앉아 있었다.

*

비치 파티는 나름대로 즐거웠다. 사라사가 동기들과 어색하긴 했지만 그래도 용기를 내 조금이나마 이야기를 나눴고, 동기들도 모두 그녀를 따뜻하게 맞아주었다.

사라사의 말투가 독특하기도 했고, 생각을 오래 하고 천천히 대답하는 것이 좀 특이해 보이기도 하겠지만 사라사와 이야기를 나눠본 사람이라면 누구나 그녀의 매력을 느낄 수 있을 거라고 나쓰키는 생각했다.

그리고 예상은 틀리지 않았다.

"하츠미는 이런 사람이었구나."

"재미있네."

"그동안 뭔가 오해를 하고 있었던 것 같아."

"다음에 또 같이 놀자."

맥주도 조금 마시고 바짝 구운 소시지까지 맛있게 먹은 사라사는 그 말에 "응." 하고 대답했다. 사라사도 즐거워 보였다. 안도감을 느낀 나쓰키는 한번 주위를 둘러보고는 자리를 떴다. 화장실을 다녀오겠다고 말했지만 볼일을 보려던 것은 아니었다.

나쓰키는 뙤약볕 아래에서 벌게진 얼굴을 찬물로 씻고 내친김에 머리에 물을 뿌렸다. 그리고 매점에 들렀다. 차가운 음료나 맥주를 사고 싶었지만 매점 안이 너무 붐벼서 포기하고 산책을 더 하기로 했다.

나쓰키는 해변 끄트머리에 이르러서야 모래사장에 앉았다.

"아, 벌써 시간이 이렇게 됐네."

하늘은 주황빛으로 물들어가고 있었다. 눈 깜짝할 사이에 하루가 간 느낌이었다. 모래사장을 비추는 노을과 천천히 파도가 밀려올 때 드문드문 튀는 물방울을 보니 묘하게 마음이 차분해져갔다.

"후……."

나쓰키는 멍하니 바다를 바라보며 긴 숨을 내쉬었다. 이렇게 많은 사람들과 오랜 시간 함께 있을 때면 나쓰키는 종종 자리를 떠났다 돌아오곤 했다. 물론 그저 몇 분 정도, 사람들에게는 티가 나지 않을 정도였지만 말이다. 오늘은 사라사가 함께 왔기 때문에 금방 돌아갈 생각이 었다.

느긋한 파도의 리듬과 무릎 뒤로 전해지는 모래의 감촉. 조금 떨어진 곳에서 들리는 사람들의 행복한 목소리. 나쓰키는 그대로 누웠다. 눈을 감고 1분 정도 지났을까.

"으악!"

나쓰키는 볼에 살짝 닿는 차가운 감촉에 놀라 소리를 질렀다.

눈을 뜨고 보니 옆에 사라사가 쭈그리고 앉아 있었다. 후드티에 반바지 차림의 캐주얼한 모습도 예뻐 보였다. 사라사가 발소리를 죽이고 살금살금 걸어왔을 걸 생각하니 더욱 그랬다. 아까 볼에 닿았던 건 그녀가 가져온 음료 병인 것 같다.

"당했네."

"성공."

장난스러운 대사와는 달리 사라사는 여전히 무표정했다.

"고마워. 날 놀래키려고 일부러 가져온 거야?"

나쓰키는 사라사가 내민 음료를 받아 목을 축이고 물

었다.

"아니. 와서 보니까 나쓰키가 자고 있길래 해본 거야."

사라사는 고개를 흔들며 말했다.

"그렇구나. 무슨 일이야?"

"음⋯⋯."

사라사는 나쓰키의 질문에 우물거렸다. 언제나처럼 대답하기 전, 생각에 잠긴 듯했다. 사라사는 매번 이렇게 의식적으로 진지하게 생각하고 말하는 타입이었다.

"최근에 알게 됐는데 나쓰키는 가끔 힘들어 보일 때가 있어."

나쓰키는 급소를 찔린 것처럼 움찔했다. 그 말은 파도 소리와 함께 나쓰키에게 스며들었다.

"그래서, 왠지 혼자 두면 안 된다고 생각했어."

나쓰키는 여전히 아무 말도 하지 못했다. 다만 심장이 점점 크게 뛰더니 곧 튀어나오기라도 할 것처럼 고통스러웠다.

"내가 나쓰키에게 이런 생각을 하다니 이상하지? 미안, 혼자 있고 싶어?"

사라사는 고개를 기울여 나쓰키의 얼굴을 들여다보았다.

"아니, 그렇지 않아."

솔직한 심정이었다. 다가온 사람이 사라사여서 싫은 마음은 조금도 들지 않았다. 오히려 의외였고 나쓰키는 지금 느껴지는 이 감정을 뭐라고 해야 할지 알 수 없었다.

둘은 짧은 대화를 마치고 나란히 모래사장에 앉았다. 손을 뻗으면 닿는 위치에 그녀가 있었지만, 손을 뻗지는 않았다.

"오늘 즐거웠어. 나쓰키는 언제나 내가 몰랐던 세상을 보여주네."

사라사의 목소리는 아주 작았지만 확실히 들렸다. 사라사가 해준 말은 나쓰키가 느끼고 있는 마음이기도 했다.

"그런데 아직 사라사를 웃기지 못했는걸. 아쉽지만 오늘은 새로운 소재가 없어."

나쓰키는 그렇게 대답하고 웃었다. 그러고 보니 정말 이제는 웃길 소재가 없다. 여러 마법을 사용했지만 모두 실패였다. 차라리 새로운 마법을 만들어내는 건 어떨까.

"나쓰키, 무슨 생각해?"

"아니, 아무것도 아니야."

나쓰키는 마법에 대해 그만 생각하기로 했다. 지금 그런 생각을 하는 건 아까웠기 때문이다.

눈부시게 아름다운 모습으로 수평선을 바라보는 사라사. 이렇게 옆에 나란히 앉아 있을 수 있는 시간은 곧 끝난다. 주황빛 하늘이 더는 어두워지지 않았으면 좋겠다고 생각했다.

"아, 맞다. 나쓰키, 다음에 같이 가고 싶은 곳이 있어."

사라사가 먼저 이런 말을 하는 것은 처음이었다. 사라사는 여전히 무표정했지만 양쪽 엄지손가락을 툭툭 치며 우물쭈물하고 있었다.

"항상 나쓰키는 날 좋은 곳으로 데려가줬잖아. 나도 나쓰키를 데려가고 싶은 곳이 있어. 안 될까…?"

"아냐아냐! 어디 가고 싶은 걸까 생각한 거야. 북극이나 앨커트래즈 섬 같은 곳이면 좀 곤란할지도 모르니까."

"나쓰키, 별로 재미없어."

가벼운 농담에 사라사는 엄하게 받아쳤다. 나쓰키는 민망한 듯한 웃음을 지으며 다시 대답했다.

"좋아. 어디든 같이 가자."

사라사는 여느 때처럼 고개를 끄덕이며 말했다.

"응."

어쩌면 우리의 관계가 지금과는 달라질 것 같다고, 나쓰키는 생각했다.

*

　비치 파티가 있고 나흘 후, 설레고 긴장되는 마음으로 저녁을 맞이한 나쓰키는 학교 근처 역에서 사라사와 만났다. 오늘은 사라사가 나쓰키를 데려가고 싶다고 한 곳에 함께 가기로 한 바로 그날이었다.

　부드러워 보이는 롱카디건을 걸친 사라사의 발걸음이 묘하게 씩씩해 보였다. 나쓰키에게 "따뜻하게 입고 와." 라고 말한 걸 보면 야외로 갈지도 모른다고 나쓰키는 생각했다.

　두 사람은 에노덴을 탔다. 도카이도 본선으로 갈아타고, 다시 버스로 환승 했다. 버스에서 내린 후에는 마냥 걸었다. 여기까지 오니 사라사가 향하는 곳이 어디인지 알 수 있었다. '고마야마 공원', 이른바 '쇼난다이라'라는 곳이었다.

　"쇼난다이라로 가는 거지?"

　"응. 나쓰키랑 같이 가고 싶었어."

　그곳은 해발고도가 비교적 높은 두 개의 구릉 정상 일대로, 나쓰키도 아는 곳이었다. 이곳의 정상에는 이 주변을 잘 아는 사람들에게 낭만적인 장소로 알려져 있는 고마야마 공원이라는 도시공원이 있었다.

쇼난의 바다와 야경을 볼 수 있고, 파노라마가 절경이라고 할 만큼 멋진 곳이었다. 방송에도 자주 나오고 연인들의 프러포즈 무대가 되기도 했다. 그 증거로 이 공원 전파탑에는 연인들이 달아놓은 자물쇠가 무수히 남아 있었다.

사라사가 가고 싶다고 한 걸 보면 그곳은 예상보다 훨씬 더 매력적인 장소일지도 모른다고 나쓰키는 생각했다. 다만 문제는 가방 속에서 잠든 로코가 무겁다는 것과, 버스에서 내려 걷다보니 이미 주변이 캄캄해졌다는 것이었다.

"사라사, 그 공원 말이야. 이렇게 늦은 시간에 가도 괜찮아?"

나쓰키는 앞서가는 사라사에게 물었다.

"괜찮아. 너무 일찍 가면 밝아서 볼 수 없으니까."

사라사는 작은 체구로 언덕길을 성큼성큼 올랐다. 그렇지만 최근에 사라사는 살이 더 빠진 것 같은데다 체력이 그다지 좋아 보이지는 않아서 조금 걱정이 됐다.

나쓰키는 사라사가 눈치채지 못할 정도로만 마법을 사용했다. 아주 작고 은은한 힘으로 사라사의 등을 지탱

하는 마법이었다. 이 마법을 쓰면 의외로 꽤 피곤했지만 모처럼 의기양양하게 나선 사라사의 부담을 덜어주고 싶었다.

밤길을 걷는 두 사람 주위로 새와 벌레 소리가 들렸다. 언덕에서 내려오는 차량만 간간이 스쳐 지나갔다.

"사라사……."

나쓰키는 "이렇게 늦은 시간까지 괜찮아?"라고 물어보려다 말았다. 생각해보면 처음 만난 날에도 사라사는 술집이 문을 닫는 시간까지 해변에서 혼자 잠을 자고 있었다. 언니랑 산다고 했으니 통금시간 같은 건 없을지도 몰랐다.

"응? 왜?"

"아니, 아무것도 아니야. 거의 다 온 거지?"

"응."

어차피 지금은 여름방학이니 조금 늦어져도 문제는 없을 것 같았다. 오늘 일정이 끝나고 사라사를 집까지 데려다주면 될 테니까.

달조차 보이지 않아 드문드문 있는 가로등 불빛만이 밝히는 밤길. 바람이 나무를 흔드는 소리만 들려왔다. 옆을 걷고 있는 사람의 호흡이 느껴졌고, 그것이 기분 좋게

다가왔다.

"나쓰키, 도착했어."

도착한 곳은 나쓰키의 예상보다 훨씬 넓었다. 탁 트인 깨끗한 공원 광장. 푸르른 나무들이 우거져 있었지만 공원이 넓어 시야를 가리지는 않았다. 하늘도 더 넓게 느껴졌다.

산꼭대기에서 내려다보자 저편에는 쇼난의 야경이, 그 앞에는 밤바다가 보였다. 절경이라고 모두가 인정할 만한 장소였다.

"대박이다. 오, 그네도 있네?"

워낙 지대가 높은 곳이어서 낮에 그네를 타면 푸른 바다를 향해 날아가는 듯한 기분을 느낄 수 있을 것 같았다. 나쓰키는 오랜만에 그네를 타보고 싶어졌다. 그러나 사라사는 들뜬 나쓰키를 신기한 듯 바라보다 그의 소매를 잡아당기며 말했다.

"이쪽으로."

아무래도 더 특별한 곳이 있는 것 같았다. 나쓰키는 일단 가방에서 로코를 꺼내며 말했다.

"잠깐 이 근처에서 놀다 와."

무거우니까, 라는 것이 속내이긴 했지만 로코는 로코

대로,

"오, 여기가 어디지? 그래! 잠깐 산책하고 올게!"

하고 신나게 달려갔다. 가방 무게가 줄어 발걸음이 가벼워진 나쓰키는 사라사를 따라가다 걸음을 멈췄다.

"사라사, 문 닫은 것 같은데?"

나쓰키가 가리킨 곳은 산꼭대기에 위치한 휴게소이자 전망대였다. 뻥 뚫린 3층과 계단으로 연결된 꼭대기 층이 절경 감상 포인트인 것 같았다. 다만 시간이 늦어서인지 1층 입구가 닫혀 있었다. 3층은 건물 내부에 있는 계단으로만 올라갈 수 있어 지금은 전망대를 갈 수 없을 것 같았다. 그러나 사라사는 손가락으로 브이를 해 보이며 말했다.

"괜찮아."

여전히 무표정한 얼굴이었지만 아마 자신 있을 때 나오는 표정일 거라고 나쓰키는 생각했다.

"이쪽으로 올라가면 돼."

사라사는 1층과 2층을 잇는, 건물 외부의 폭이 넓은 계단을 올라갔다. 그러고는 막다른 길에 다다르자 익숙한 듯 외벽을 밟고 암벽을 타는 것처럼 조금씩 올라갔다.

"사라사 잠깐, 위험해!"

"괜찮아. 자주 해봤어. 비밀 장소에 숨어 있다가 지금처럼 한밤중에 올라갔었는데 다친 적은 없었어."

사라사가 또다시 브이를 내밀어 보였다. 전부터 생각했지만 그녀는 의외로 실행력이 있어서 갑자기 엉뚱한 짓을 할 때가 있었다. 사라사가 떨어지면 어떻게든 받아야겠다고 생각했던 나쓰키였지만 익숙한 듯 그녀를 보아하니 다행히 그럴 일은 없어 보였다. 다만 다른 걱정은 있었다.

'이건 불법 침입 아닌가?' 공원 관리자에게 들키지 않을까 조마조마했지만 나쓰키가 이런 걱정을 하는지도 모르고 사라사는 벌써 3층에 도착해 전망대로 향하는 나선계단에 다다랐다.

"나쓰키도 와."

사라사가 손을 내밀었다. 나쓰키가 따라올 거라 믿어 의심치 않는 듯했다.

"아이고, 어쩔 수 없네."

나쓰키는 헛웃음을 지으며 사라사가 한 것처럼 외벽에 달라붙었다. 여기서 몇 개의 발판을 딛고 3층으로 향했다.

"이거 꽤 힘든데…?"

"나쓰키, 화이팅."

위를 올려다보니 사라사가 주먹을 쥐고 응원하고 있었다. 이렇게 힘없는 격려의 목소리는 처음 들었지만 발을 옮겨 간신히 나선계단에 다다를 수 있었다.

"하아… 하아……."

주저앉아 숨을 거칠게 쉬는 나쓰키 앞으로 사라사가 몸을 숙여 시선을 맞추더니 고개를 갸우뚱하며 말했다.

"괜찮아?"

그러면서 손을 내밀었다. 잡으라는 뜻인 것 같았다.

"아, 어어, 고마워."

나쓰키는 쑥스러웠지만 조금 망설이다 사라사의 손을 잡았다.

"가자."

나쓰키가 일어서자 사라사는 거의 바로 손을 놓았다. 손을 잡았던 것은 찰나였고 사라사의 손은 차가웠는데도 나쓰키의 오른손은 홧홧한 듯했다. 나선계단을 올라가니 탁 트인 전망대가 눈에 들어왔다. 그리고 거기엔 망원경이 있었다.

"오!"

나쓰키는 감탄했다. 가로막는 나무 한 그루 없이 펼쳐진 드넓은 풍경. 해안선까지 이어진 거리의 불빛이 보석처럼 반짝이고 있었다.

360도 파노라마 절경을 사라사와 단둘이 독점하고 있는 기분이 들었다. 나쓰키는 전망대 끝까지 달려가 난간에 기대어 마을을 내려다보았다. 마을을 이 정도 높이에서 내려다본 것은 처음이었다.

"저쪽이 에노시마 등대구나! 저쪽은 바다고… 아, 저기봐, 사라사! 저기 우리 학교 아냐? 이야, 듣기는 했지만 여기서 보는 야경이 굉장히 멋있네."

사라사는 후, 하고 숨을 몰아쉬며 나쓰키 옆으로 왔다.

"야경도 예쁘지만."

"응?"

"위에도."

"위?"

눈에 들어온 것은 쏟아질 것 같은 별천지였다. 지상의 야경이 전하는 눈부심과 다른, 맑은 빛을 발하는 웅장하고 신비로운 빛의 무리.

"우와……."

나쓰키는 또다시 감탄했다. 풍경에 압도당하는 기분이었다. 도쿄에서 자라왔고 쇼난에서도 번화가에 사는 나쓰키는 별을 볼 일이 많지 않았다. 그런데 머리 위에 이렇게 많은 별이 빛나고 있었다니, 새삼 신기한 기분이 들었다.

"대단하네……."

그 말밖에 나오지 않았다. 사라사는 나쓰키를 보고 작게 고개를 끄덕였다.

"그치?"

사라사는 평소와 같았지만, 그녀의 마음은 여느 때보다 훨씬 더 가깝게 느껴졌다. 그리고 지금, 처음 만났을 때 사라사가 별을 좋아한다고 말했던 것과, 그녀가 밤의 해안가에서 별을 관측하고 있던 풍경이 생각났다.

그런 그녀에게 이 시간, 이 장소는 분명 특별할 것이다. 그런 장소에 데려와주다니, 그 사실은 밤하늘을 수놓는 반짝이는 별들과 함께 나쓰키의 마음에 울려 퍼졌다.

두 사람은 한동안 아무 말도 하지 않았다. 그냥 별들을 바라보고 있을 뿐이었다. 몇 초였던 것도 같고 수십 분이었던 것 같기도 한, 침묵의 시간이 조금도 불편하지 않았다.

"어, 독수리자리."

문득 사라사가 한 곳을 가리키며 그렇게 말했다. 난간에서 몸을 내민, 몸집이 작은 그녀의 모습은 마치 어린아이 같았다.

"어디?"

"저기 하얀 게 은하수고, 그 옆에 있는 저 별이랑 저 별."

별이 무수히 많았기 때문에 나쓰키는 사라사의 설명을 듣고도 두리번거렸다. 그러자 사라사가 답답했는지 나쓰키의 머리에 손을 얹고 자세를 낮추게 했다. 그러고는 나쓰키 얼굴 옆에 자신의 얼굴을 나란히 대고 손가락으로 가리켰다.

"저거랑 저거."

"저거? 아, 이제 알겠다."

볼이 닿을 정도로 가까이에 있다는 것에 온 신경을 집중해서 독수리자리가 눈에 잘 들어오지 않았다.

"독수리자리는 제우스라는 신이 미소년을 유괴할 때 변신한 모습이고."

"와, 그렇구나."

"저건 백조자리."

"오."

"백조자리는 제우스가 미인을 유혹하기 위해 변신한 모습이래."

"진짜? 꽤 위험한 놈이네, 제우스."

"응. 그 밖에도 여러 가지가 있어. 예를 들면……."

사라사의 그리스 신화 강의가 시작되었다. 제우스라는

이상하고 변태 같은 신 이야기도 흥미로웠지만, 별을 찾는 방법과 여름 별자리의 종류, 별의 특징이나 지구와의 거리 같은, 별에 대한 몰랐던 이야기를 듣는 것이 재미있었다. 무수히 많은 빛 하나하나가 저마다의 역사와 배경을 지니고 있다니, 이 밤하늘이 웅장한 이야기의 무대 같았다.

나쓰키는 사라사가 자신도 밤하늘을 즐길 수 있도록 여러 이야기를 들려준 것이 기뻤다. 게다가 사라사가 이렇게 길게 이야기하는 것은 처음 있는 일이었다.

"사라사는 별을 왜 그렇게 좋아해? 예뻐서?"

무심코 던진 질문에 대답이 돌아오지 않았다. 잠시 생각을 정리하나 싶어 기다렸지만 그녀는 계속 입을 다물고 있었다.

"사라사?"

나쓰키가 사라사를 바라보았다. 그녀 등 뒤로는 별들이 보였고, 마치 그녀도 밤하늘에 빛나는 별 중 하나인 것 같았다. 볼도 불그스름한 것이 평소와 달랐다.

나쓰키의 호흡이 잠시 멈춘 그때, 사라사는 입을 열었다.

"별은 계속 그 자리에 있으니까. 내가 태어나기 전부

터 빛났고 내가 죽어도 그 자리에서 계속 빛나고 있을 테니까. 몇 억 광년이나 떨어진 멀리서부터, 몇 억 년이라는 시간을 거쳐 여기에 와 있으니까. 덧없지만 강해. 내가 죽어도 영원히 이 모습일 테니까…….”

어쩌면 사라사도 처음 생각해보는 걸지도 모른다. 그래서인지 자신의 마음을 신중하게 풀어낸 것 같았다.

“그래, 내가 죽어도.”

사라사가 밝힌 마음은 나쓰키가 금방 공감할 수 있는 것은 아니었지만, 그 웅장함이 발하는 빛에 이끌렸다.

다만 사라사가 “내가 죽어도”라고 두 번이나 말한 이유가 궁금했다. 그런 일은 몇십 년 뒤의 일일 텐데, 그 말이 나쓰키의 마음속 여린 부분을 건드렸다.

“아.”

사라사가 뭔가를 깨달은 듯 조금 큰 소리를 냈다.

“왜?”

“앞으로 10분 뒤면 시작될 거야. 오늘은 페르세우스자리 유성군의 밤이거든.”

유성군이란 특정 기간에 볼 수 있는 별똥별 무리일 거라고, 나쓰키는 사라사가 들려준 이야기로 추측해보았다.

“유성군을 보여주려고 데려온 거야?”

"응, 맞아."

단도직입적인 질문에 사라사도 담백하게 인정했다.

별을 본 것만으로도 오길 잘했다고 생각하고 있었는데 유성군까지 본다니. 나쓰키는 살며시 웃으며 사라사에게 감사 인사를 했다. 나쓰키가 혼자였다면 이 시간, 이런 곳에 올 일이 없었을 것이다.

"별똥별은 다른 별들과 달리 순식간에 사라져버려. 하지만, 찰나의 순간이라도 있는 힘껏 반짝이는 별똥별이 좋아."

사라사는 밤하늘을 올려다보며 중얼거렸다. 별빛이 비쳐서 그런지 눈동자가 촉촉해 보였다.

나쓰키는 언제나처럼 농담조로 "네가 더 반짝여." 라고 말할까 잠시 고민했지만 잠자코 있기로 했다. 지금 그녀가 한, 마치 기도처럼 들리는 말을 자신이 너무 가볍게 받아친 것처럼 보일까 염려했기 때문이었다.

조금 전까지 맑았던 하늘 곳곳에 구름이 끼기 시작하더니 별들이 어둠에 가려졌다.

"유성군을 못 볼지도 모르겠네."

사라사가 원망스러운 듯이 하늘을 바라보았다. 나쓰키는 지금 사라사가 짓고 있는 표정에서 그녀의 감정을 확실히 알아볼 수 있었다. 그리고 그런 그녀의 반응에 놀랐다. 그만큼 유성군을 보고 싶었단 말인가.

문득 나쓰키는 100여 년 전 역사상 마지막으로 탄생했다는 대마법이 생각났다. 폭풍을 잠재운다는 그 마법을 지금 사용하면 효과가 있을지도 모른다. 폭풍을 없앨 정도라면 구름쯤은 가볍게 없앨 수 있을 테니까.

별이 쏟아지는 오늘, 맑은 밤하늘이 사라사를 웃게 할 유일한 방법일 수도 있는데… 그 마법을 배우지 않은 것이 후회스러웠다.

"앗…!"

"앗! 비 온다. 사라사!"

나쓰키는 사라사의 손을 끌고 비를 피할 수 있는 곳으로 뛰어갔다. 빗줄기는 금새 거세졌다. 오늘 일기예보는 아무래도 빗나간 것 같았다.

"오늘은 안 될 것 같네. 그래도 비 오기 전의 밤하늘을 봤으니 오길 잘했어."

"미안해."

갑자기 툭 내뱉은 사라사의 말에 나쓰키는 당황했다. 그녀의 목소리가 떨리는 것 같았기 때문이었다. 아니, 목소리만 그런 게 아니었다. 추운 것도 아닌데 그녀는 어딘가 아픈 것처럼 온몸을 덜덜 떨고 있었다.

"괜찮아! 정말 오길 잘했다고 생각해. 게다가 유성군은 오늘만 볼 수 있는 건 아니잖아?"

"그건 그렇지만……."

작은 지붕 아래에 서 있다 보니 자연스럽게 둘의 어깨가 맞닿았다.

"유성군은 다음에 또 보러 오자. 인터넷에서 봤는데 올해 몇 년 만에 무슨 유성군을 볼 수 있다고 하던데……."

"사자자리 유성군일 거야. 33년만이야."

사라사의 목소리 톤이나 표정은 여느 때와 같았다. 그런데도 나쓰키는 그녀가 슬퍼 보인다고 생각했다.

"그래, 나중에 또 오자."

"또… 올 수 있을까?"

사라사는 나쓰키에게 물은 걸까, 아니면 자기 자신에게 물은 걸까. 둘 다 아닌 것 같기도 했고, 그 둘 다인 것 같기도 했다. 나쓰키는 애써 밝고 해맑은 어조로 대답했다.

"약속하자!"

옆에 앉아 있던 사라사가 나쓰키를 가만히 바라보았다. 그러곤 고개를 갸우뚱하더니 동그랗게 뜬 눈으로 물었다.

"약속?"

"그래, 약속. 그때는 나도 사라사를 웃게 해줄 기술을 준비해올게. 못 믿겠으면 손가락이라도 걸까?"

나쓰키는 반쯤 농담으로 말했다. 그러나 사라사는 고개를 끄덕이며 대답했다.

"응. 약속."

사라사가 새끼손가락을 내밀었다. 가늘고 하얀 사라사의 손가락을 보니, 나쓰키는 괜히 부끄러워져 자신의 새끼손가락을 겉옷에 쓱쓱 문지른 뒤에 내밀었다. 새끼손가락을 걸어 만든 가느다란 연결고리는 당장이라도 끊어질 것처럼 약해 보였지만 마주잡은 사라사의 손끝에서 힘이 느껴졌다. 나쓰키도 꽉 쥐는 것으로 화답했다.

"나, 나쓰키 좋아해."

기분 좋은 방울 소리처럼 기습적으로 전해진 사라사의 마음이었다.

나쓰키는 그 말을 이해하는데 시간이 걸렸다. 솔직하고 꾸밈없는 마음인데도 왠지 바로 이해가 가지 않았다.

사라사의 고백에는 서론도, 꾸밈도, 변명도 없었다. 나쓰키는 고백도 그녀답다고 생각했다.

"…소, 솔직하네. 음, 지금 한 말은 역시 그, 그런 뜻이야?"

"응, 그런 뜻."

"고마워. 하하하… 놀랐어."

사라사와 대조적으로 나쓰키는 말을 돌려가며 상대방의 마음을 살피고 있었다. 습관처럼 나온 말들은 불성실해 보였다.

사라사의 웃는 얼굴을 보고 싶다는 생각으로 그녀에게 다가갔지만 그녀에게서는 의외의 모습이 많이 보였다. 강하고 솔직하고 어딘가 쓸쓸해 보이기도 하는, 남들과는 조금 다른 사람이라는 생각이 들었다.

언제부터인가 함께 있지 않을 때도 나쓰키는 그녀를 생각하는 시간이 많아지고 있었다.

"나……."

나쓰키가 자신도 잘 몰랐던 마음을 더듬더듬 고백하려는 그때, 사라사의 몸이 나쓰키 쪽으로 쓰러졌다.

"사라사!"

사라사의 몸이 뜨거웠다. 열이 펄펄 끓는 것 같았다. 호흡은 가늘고 가빴으며, 원래 하얀 얼굴은 창백하다고 해도 좋을 정도로 새하얗게 질려 있었다.

상태가 심상치 않았다. 왜 갑자기 이렇게 된 거지? 계속 참고 있었던 건가? 생각해보면 춥지도 않은데 볼이 상기된 채 떨던 모습이 이상하긴 했었다…….

"사라사!"

그러나 사라사는 괴로운 듯 눈을 감은 채 약하게 떨기만 했다. 말도 못할 정도로 힘들어 보였다. 감기인가? 빈혈? 아니면…….

나쓰키는 휴대전화를 꺼냈다. 일단 택시든 뭐든 타고 병원에 가는 게 좋을 것 같았다. 하지만 하필 이럴 때 휴대전화는 배터리가 다 닳아 꺼져 있었다.

"말도 안 돼……."

나쓰키의 심장은 빠르게 뛰었다. 등줄기를 타고 식은 땀이 흘렀다. 나쓰키는 축 늘어져 있는 사라사의 가방을 열고 그녀의 휴대전화를 꺼냈지만 사라사의 휴대전화 역시 배터리가 부족해서 켜지지 않았다.

'어떡하지? 어떻게 해야 하지? 왜 갑자기 쓰러진 거지?'

그사이 빗줄기는 더욱 거세졌다. 나쓰키는 우선 사라사를 눕히고 자신의 겉옷을 벗어 덮어주었다. 그리고 전망대 난간 밖으로 몸을 내밀어 주위를 살폈다. 하지만 아무도 보이지 않았다. 차라리 휴게실 유리창이라도 깨고 경비원이 오기를 기다리는 게 나을 수도 있다고 생각했다.

바로 그때, 나쓰키는 가슴에서 유난히 큰 고동이 울리

는 것을 느꼈다. 입이 마르고 입술이 떨렸다. 속이 울렁거리고 구역질날 것 같았다. 그 이유에 대해서는 나쓰키도 알고 있었다.

마술이나 우연으로 가장하기 어려운 비현실적인 마법을 쓰는 것도, 누군가를 돕기 위해 마법을 쓰는 것도 어릴 적 토끼 사건 이후 처음이었다.

지금 이 증상은 그때를 떠올린 몸이 보이는 거부반응이다. 나쓰키는 올라오는 신물을 억지로 삼켰다.

"로코!"

나쓰키는 크게 이름을 불렀다.

로코는 쏟아지는 빗속을 뚫고 건물 외벽을 가볍게 오르더니 나쓰키 바로 앞에 착지했다.

"네가 웬일로 날 이렇게 다급히 불러? 앗, 사라사한테 무슨 일 있어?"

"부탁해, 로코! 리본을!"

로코의 목에 달려 그의 풍성한 검은 털을 더욱 돋보이게 하는 리본은 다양한 마법의 촉매제였다.

"알겠어!"

로코는 힘차게 뛰어 나쓰키의 어깨 위에 앉았다. 나쓰키는 재빨리 리본을 받아 쥐고 손가락을 튕겨 마법을 걸었다. 옅은 빛이 리본을 감싸자 리본이 새처럼 날갯짓하기 시작했다.

"가!"

나쓰키의 주문에 답하듯 리본은 공중으로 날아올라 재빨리 밤하늘을 가로질렀다. 목적지는 할머니가 있는 곳이었다.

"사라사, 조금만 더 힘을 내! 곧 널 도와주러 올 거야…!"

나쓰키는 바닥에 누워 있는 사라사를 살피며 말했다. 그녀는 몽롱한지 눈만 겨우 뜨고 있었다.

"나쓰키! 릴리 님이 답장을 보내주셨어! 지금 바로 와주신대!"

공중에는 방금 날아갔던 리본이 어느새 돌아와 있었다.

그 소식을 들은 나쓰키는 긴장이 풀려 그 자리에 주저앉았다. 할머니의 스포츠카라면 웬만한 구급차보다 더 빨리 도착할 것이다. 사라사의 상태는 여전히 심상치 않았지만 그래도 한 고비 넘겼다는 생각에 마음이 조금은 진정되었다.

*

사라사를 할머니의 차에 실어 쇼난 종합병원으로 데려 갔다. 사라사의 가방 속에서 이 병원의 진찰 카드를 발견 했기 때문이다.

그녀를 업고 응급실로 가자 지나가던 간호사와 의사 가 사라사의 이름을 부르며 달려왔다. 의료진이 사라사 를 이동용 침대에 눕혀 데려갔고, 나쓰키는 얼굴이 새하 얗게 질린 뇌신경외과 의사에게 이끌려 상황을 설명해야 했다.

"갑자기 쓰러졌다라… 혹시 최근 몇 달간 사라사와 친 하게 지내고 있다는 분이신가요? 그, 기타를 치고 요리를 잘한다는…?"

맞은편에 앉은 뇌신경외과 의사, 가미자토가 물었다.

"아… 네, 저 맞는 것 같아요. 사라사는 괜찮을까요?"

가미자토는 잠시 입을 다물었다가 미소를 지으며 천천 히 대답했다.

"네, 너무 걱정하지 마십시오. 생명에 지장이 있다거나 그런 건 아닙니다, 지금은."

"정말요? 다행이에요… 혹시, 사라사에게 지병… 같은 게 있나요?"

"그건… 환자의 개인정보여서 말씀드릴 수 없습니다."

나쓰키는 '가벼운 천식이에요' 혹은 '빈혈 증상일 뿐입니다.' 같은 대답이 돌아오길 기대했지만, 방금 의사가 한 말은 사라사가 앓는 병이 꽤 무겁다는 얘기와 다를 바 없는 말이었다.

"오늘은 그만 돌아가시는 게 좋겠습니다. 이 병원에 사라사의 보호자도 근무하고 있으니 너무 걱정 마시고요."

그때, 노크 소리가 들리더니 흰 가운을 입은 여성이 진찰실로 들어왔다. 서른 살 전후로 보이는, 다소 무뚝뚝한 인상의 안경을 쓴 그 여성이 나쓰키는 낯이 익었다.

"하츠미 왔구나, 사라사는 좀 어때?"

"일단 큰 고비는 넘긴 것 같아요. 지금은 잠이 들었어요. 이런 상황이 올 거란 건 예상했지만……."

'하츠미'라고 했다. 그러고 보니 사라사의 언니가 의사라고 했던 게 생각났다.

"네가… 마리야 군, 맞니?"

"네, 맞아요."

"나는 사라사의 언니 하츠미 이오리야. 그냥 이오리라고 불러줘."

단정하고 어른스러운 분위기를 풍기는 그녀는 조금 피

곤한 듯 웃었다.

"안녕하세요, 사라사는 좀……."

"오늘 사라사를 데려와줘서 고마워. 평소에 사라사와 잘 지낸다는 건 알고 있어. 그래서… 언젠가는 너한테도 얘기를 해야 한다고 생각했어."

사라사에 관해 물어보려던 나쓰키의 말을 끊고, 이오리가 얘기했다. 그녀는 웃고 있는데도 웬지 서글퍼 보였다.

"혹시, 잠깐 다른 데 가서 나랑 이야기 좀 하지 않을래?"

이오리는 그렇게 말하고 먼저 진료실을 나갔다. 앞서 가는 이오리를 따라 도착한 곳은 병원 옥상이었다. 옥상에는 벤치와 자판기 등이 잘 정비되어 있고 안전용 울타리가 둘러져 있어서 아늑한 분위기를 풍겼다.

"그러고 보니 한숨도 못 잤지? 카페인이 임시방편으로는 좋아."

이오리는 나쓰키에게 캔 커피를 건네며 말했고, 나쓰키는 받자마자 한 모금 마셨다. 평소엔 달게만 느껴졌던 캔 커피가 묘하게 썼다.

"음… 그냥 단도직입적으로 말할게. 사라사는 병을 가지고 있어. 현대의학으로는 고칠 수 없는 병이야."

옥상 난간에 기대 일출을 바라보며 이오리는 말했다.

그 말을 들은 나쓰키는 아무 대답도 할 수 없었다. 단지 웅성거리는 소리만이 가슴 속을 울렸다.

"혹시 NK세포라고 알고 있니?"

나쓰키는 고개를 저었다. 목소리를 내는 방법을 잊어버린 것 같았다.

"그렇구나… 그럼 웃는 게 건강에 좋다는 이야기는 들어봤지?"

"네, 어디서 들어본 적이 있습니다."

이번에는 겨우 대답할 수 있었다.

"우리 인간은 행복이나 사랑 같은 긍정적인 감정을 느끼면 웃음이 나면서 모종의 신경전달물질이 분비되거든. 도파민, 엔도르핀, 옥시토신 같은 거 말이야."

"그런 물질이 스트레스를 줄여주는 건가요?"

나쓰키가 되묻자 이오리는 고개를 끄덕이며 말을 이었다.

"그것도 맞는 말이야. 하지만 더 직접적인 효과도 있어. 아까 말했던 NK세포 얘긴데, 이 세포는 바이러스나 암세포를 퇴치하는 힘을 가졌어. 면역력 같은 거지. 인간이 긍정적인 감정을 느낄 때 이 NK세포가 더 활발히 암세포를 퇴치한다고 알려져 있고."

이오리가 그다음 말을 머뭇거렸다. 설명을 듣고 있는 나쓰키는, 그녀가 왜 이런 이야기를 하는지 겁이 났다. 땅이 꺼지는 듯했다. 무릎이 떨려왔다. 아름다워야 할 아침 노을이 섬뜩해 보였다. 따뜻한 바람이 무겁고 끈적끈적하게 느껴졌다.

캔 커피를 꽉 움켜쥐고 있는 나쓰키에게, 이오리는 부드러운 어조로 모든 걸 내려놓은 듯 말했다.

"그런데 사라사는… 웃으면 죽어."

마치 도끼로 내려찍듯이, 방아쇠를 당기듯이 뱉어진 무서운 말이었다. 나쓰키는 멍해진 얼굴로 이오리의 말을 듣고 있었다.

내용은 이해했다. 사라사의 면역체계는 보통 사람들과 반대로 작용해서 행복을 느낄수록 면역기능이 약화되고 정상세포가 파괴된다.

"처음 병을 진단받았을 때는 우리도 힘들었어. 가족 모두 울었지. 사라사가 하루라도 더 오래 살기를 바라는 마음으로 평생을 조심해왔어."

이오리는 이런 경우가 세계적으로도 드문 사례이고, 이 병에 걸린 사람들 중 만 25세를 넘긴 환자는 없다고 설명했다. 유전자 문제였다. 그래서 가족 모두, 어릴 때부터 그녀가 감정 변화를 느끼지 않도록 조심했다. 음식도, TV 프로그램도, 친구도, 학교도 모두 사라사의 감정을 크게 동요하지 않는 것으로 제한했다.

그녀에게 허락된 것은 별이 빛나는 하늘을 바라보는 것뿐이었다. 행복한 감정을 느낄수록 그만큼 그녀의 시간이 짧아지기 때문이었다.

"너도 알고 있겠지만… 그 결과 사라사는 저런 아이가 되었지. 웃을 줄 모르는 거야. 나는 사라사가 그렇게 살도록 한 게 옳은 결정이었는지 지금도 모르겠어."

하지만 스무 살이 된 그녀는 가족들의 반대를 무릅쓰고 대학에 진학했고, 코미디 영화를 보거나 친구를 사귀려고 했다.

"부모님은 반대하셨어. 지금도 반대하고 있고. 그래서 나라도 사라사의 편을 들 수밖에 없었지. 부모님을 설득하고 결국 사라사와 집을 나왔어. 내가 할 수 있는 건 이것밖에 없었거든. 내가 의사지만 사라사의 병을 고쳐주진 못했으니까."

사라사는 최근 몇 달 사이 급격히 병세가 악화되었고, 이제 남은 시간은 1년도 채 남지 않았다고 했다. 만일 사라사가 계속해서 행복한 감정을 느낀다면, 언제 생명의 불이 꺼져도 이상하지 않다는 얘기였다.

"앞으로 몇 개월 더 지나면 사라사는……."

나쓰키가 사라사와 만난 것은 올해 4월이었다. 그리고 나쓰키가 그동안 해온 것은…….

돌이켜보면 사라사에게는 묘한 구석이 있었다. 갑자기 흥미를 잃은 듯 무표정해지거나 자신을 따라오던 발걸음을 망설이던 것. 나쓰키는 왜 그런 모습을 무심히 지나쳤는지 자책했다.

나쓰키는 어금니를 앙물었다. 그런 모습에 이오리는 살며시 미소를 지어 보였다.

"내가 너에게 사라사의 상태에 대해 말해준 건, 너와 함께 있을 때 사라사에게 어떤 문제가 생길 수 있기 때문이야."

나쓰키의 손에 들려 있던 캔 커피가 떨어졌다. 옥상 바닥을 구르며 그 안에 남아 있던 커피가 쏟아졌다. 나쓰키의 가슴속에서도 뭔가 뜨거운 것이 빠져나가는 것 같았다.

나쓰키는 이오리에게서 들은 얘기를 토대로 다시 정리해보았다. 사라사는 불치병을 앓고 있고, 곧 죽는다. 그리고 나쓰키 자신은 그 시간을 앞당기고 있었다.

"오해하지 마. 나는 널 원망하지 않아. 오히려 고맙게 생각하고 있어."

아무 말도 하지 못하는 나쓰키에게 이오리가 말했다.

"사라사는 요즘 네 얘기를 자주 하거든. 분명 사라사도 좋았을 거야. 사랑이나 설렘은 인간이 느끼는 큰 행복 중 하나니까 말이야. 아마 그런 감정은 태어나서 처음이었을 거야. 건강이 악화됐다는 게 그 증거일 테고……."

무거운 이야기지만 이오리는 최대한 담담하게 풀어갔다. 그것도 나쓰키에게는 충격이었다. 그러나 생각해보면 이오리는 사라사와 수십 년을 함께하며 많은 갈등과 고민과 슬픔을 겪었을 것이다. 나쓰키는 감히 상상할 수 없는, 감정의 소용돌이를 거쳤을 것이다.

"그럼 저는… 이제 어떻게 해야 할까요…?"

이오리는 나쓰키를 등지고 하늘을 바라보았다.

"나도 모르겠어. 일생에 한 번쯤, 그 아이가 진심으로 웃을 수 있으면 좋겠다는 생각을 매일 해. 하지만 역시… 하루라도 더 살길 바라고 있어."

이오리의 말에서 망설임이 엿보였다. 이오리는 힘없이 웃었다.

"너에게 고맙다고 한 건 진심이지만 착잡하기도 해. 하하… 의사로서도 어른으로서도 실격이네."

나쓰키는 "그렇지 않아요." 라고 작게 말했지만, 그 목소리가 너무 작아서 이오리는 듣지 못한 것 같았다.

"사실 사라사의 건강만 생각하면 너를 멀리하는 게 맞을지도 모르지."

이오리는 조용히 미소 지었다. 이것은 자조일까, 체념일까, 아니면 또 다른 감정일까.

"그런데 사라사는 이미 결정한 것 같아. 자신이 원하는 죽음을. 무책임하게 들릴지 모르지만, 너는 네가 원하는 대로 하면 돼. 그래야 한다고 생각하고."

"…알겠습니다."

그렇게 말했지만, 사실은 아무것도 알지 못했다. 알 수 있을 리가 없었다. 갑자기 눈앞에 닥친 차가운 현실에 감정이 따라가지 않았다.

"미안해, 갑자기 이런 무거운 사실을 떠안겨줘서. 내가 너에게 이런 말을 한 걸 사라사는 몰라. 이런 말을 들으면 너는 불편하고 자책하겠지만 그래도 해야 한다고 생각했어. 그러니까 나쁜 건 나야. 널 비난할 자격은 누구에게도 없다는 것만 알아줘."

이오리는 그렇게 말하고 나쓰키의 어깨에 손을 얹었다. 나쓰키는 대답했다.

"아닙니다. 알려주셔서 감사합니다."

이는 나쓰키의 진심이었다. 모르는 것보다 훨씬 나았다.

사라사는 외톨이 같은 존재였고, 이렇게 무거운 현실을 홀로 짊어지고도 씩씩했다. 도대체 어떤 기분이었을까. 그런 사정이 있으면서 어떻게 평범하게 학교에 다니고, 또 웃게 해주겠다는 자신을 기다린다고 했을까.

"나쓰키는 참 좋은 사람이구나. 나는 이만 돌아갈게. 사라사는 당분간 깨어나지 않을 테니, 너도 이만 돌아가서 눈 좀 붙이는 게 좋겠어. 밤을 새워서 꽤 피곤해 보여."

이오리는 그렇게 말하곤 문을 열고 내려갔다. 나쓰키는 홀로 남겨졌다. 심각한 얼굴로 조심스레 나쓰키의 발밑까지 다가온 로코가 걱정스러운 듯 올려다보았다.

"나쓰키, 어떻게 할 거야…?"

"모르겠어. 하지만……."

나쓰키는 무슨 말을 더 해야 할지 생각나지 않았다.

*

나쓰키는 대기실에서 기다리던 할머니의 손에 이끌려 할머니 집으로 향했다. 해안가를 달리는 차 안은 오픈카 같지 않게 답답한 공기에 휩싸여 있었다.

나쓰키는 자신의 마음이 어떤지 모르고 있었고, 로코 또한 그런 나쓰키를 앞에 두고 아무 말도 할 수 없었다.

"나쓰키, 그 애가 네가 웃게 해주고 싶다던 아이니?"

운전석의 할머니가 앞을 주시한 채 물었다. 나쓰키는 고개를 끄덕이며 조그맣게 "네."라고 대답했다.

"그래, 그 애는 꽤 무거운 현실을 안고 있는 것 같더구나. 생명에 지장이 있는 무언가, 그렇지?"

할머니에게 사라사의 병에 대해서는 말하지 않았다. 그러나 오래 살며 쌓인 연륜 덕분인지 뛰어난 마법사여서 그런지, 어쨌든 할머니는 사라사의 생명의 불이 꺼져가고 있다는 걸 알고 있었다.

그때 나쓰키는 얼핏 희망을 보았다. 그래, 왜 이걸 생각하지 못했을까!

"맞아요! 할머니라면 마법으로 사라사의 병을 고칠 수 있잖아요."

나쓰키가 운전석을 바라보며 말했지만, 할머니는 그저 앞 유리창만 쳐다보고 있었다. 선글라스를 끼고 있어서 할머니의 표정이 잘 보이지 않았다.

"무리야. 감기나 가벼운 화상이라면 치유할 수 있지.

하지만 꺼져가는 생명을 살리는 마법은, 오랜 역사를 통틀어도 존재한 적 없단다."

할머니의 말은 냉정하고 단호했다. 나쓰키는 입술을 깨물었다.

사실 나쓰키도 알고 있었다. 현대에 와서야 새롭게 생긴 희귀병, 그런 것을 낫게 할 마법이 있을 리 없다는 걸.

희망을 걸어보고 싶었는데 순식간에 부정당했다.

"릴리 님, 사라사는……."

뒷좌석에서 얼굴을 내비친 로코가 사라사의 병에 대해 설명했다. 다 듣고 난 할머니는 혀를 찼다.

"요즘은 그런 병도 있구먼. 마법사의 천적 아닌가."

탐탁지 않은 듯 내뱉는 할머니는 초조해 보였다. 상냥하지만 감정 표현에 서투른 그녀라 이런 반응을 보인 건지도 모른다.

"그 아이뿐만 아니라 사람은 모두 언젠가는 죽어. 그게 다음 달이든 50년 후든 별의 시간과 비교하면 큰 차이가 없단다."

할아버지와 함께하기 위해 모국을 떠나온 할머니. 사랑하는 남편을 잃은 사람의 말이어서 더 무겁게 느껴졌다. 하지만 그렇다고 고개를 끄덕일 수는 없었다.

"할머니, 그건 아는데요…….."

"일단 이거부터 마셔라."

대꾸할 기운도 없어 나쓰키는 우선 할머니가 내민 음료를 마셨다.

갑자기 의식이 아득해더니 몸이 진흙에 잠긴 듯 납덩이처럼 무거워졌다. 몸이 녹아내리는 듯한 느낌이 들었다. 마법사가 만든 특수한 수면제라는 것을 깨달았지만 나쓰키는 강렬하게 덮쳐오는 잠에 저항하지 않았다. 아무 생각도 하고 싶지 않았다.

*

얼굴을 찰싹 때리는 감촉이 느껴져 눈을 떠보니 눈앞에 로코의 모습이 보였다.

"나쓰키, 일어났어? 이제 밤이야."

할머니 집 게스트룸에 누워 있던 나쓰키가 상체를 일으켰다. 잠을 푹 잤는지 몸이 가볍고 가뿐했다. 둘러보니 게스트룸 곳곳에 양피지와 두루마리가 널브러져 있었다.

"일단 마법 수행할 시간이 돼서 깨우긴 했는데…….."

사라사와 만난 후부터 나쓰키는 단 하루도 거르지 않

고 마법을 수행했다. 아르바이트나 다른 일정들로 피곤해 곯아떨어지더라도 알람을 맞춰 제시간에 꼬박꼬박 일어났고, 그래도 못 일어나는 날에는 이렇게 로코가 깨워줬다.

"릴리 님이 이 마법서들을 가져다주셨어. 그…….."

로코는 널브러져 있는 양피지와 두루마리를 가리키며 말했다.

나쓰키가 열심히 해온 것은 사라사의 웃는 얼굴을 보고 싶었기 때문이다. 하지만 그것이 그녀를 더 위태롭게 하고 있다면 이걸 계속할 필요가 있을까?

할머니가 갖다주셨다는 마법서는, 아마도 시간이 얼마 남지 않은 사라사에게, 마법사로서 할 수 있는 일을 하라는 뜻일 것이다. 하지만 지금은 할머니의 배려에 감사한 마음이 들지 않았다. 어제까지만 해도 희망의 책으로 보였던 마법서들은 이제 한낱 저주의 글로 보일 뿐이었다.

"아, 그리고 릴리 님께서… 이것도 전해주라고 하셨는데……."

로코가 내민 것은 또다른 책 한 권이었다. 거절할 기운조차 없는 나쓰키는 그 책을 받았다. 몇 페이지 넘겨 보니 이것이 무엇인지 알 수 있었다. 예전에 할머니가 말했던 대마법. 천문학자의 아내였던 마녀가 지난 세기에 만들어 낸 마법이자, 세상에 나온 마지막 마법이 기록된 책이었다. 아마 할머니의 선물일 것이다.

나쓰키는 거칠게 책장을 덮었다. 이런 책 따위 다 뭐라고… 갈기갈기 찢어도 성에 차지 않았다. 나쓰키는 책을 움켜쥔 두 손에 힘을 주었다가 이내 그만두었다. 이걸 찢어봤자 아무것도 달라지지 않는다는 것 정도는 알고 있었기 때문이다.

*

페르세우스자리 유성군을 보지 못했던 그날로부터 며칠 뒤, 이오리로부터 사라사가 많이 회복해 일상생활이 가능해졌다는 연락을 받았다. 하지만 큰일을 치렀으니 하루 더 입원을 시키겠다고 했다. 나쓰키를 집에 그렇게 보낸 게 마음이 쓰였던 것 같다.

나쓰키는 사라사에게 선물할 디저트를 사러 카페에 들렀다. 그러나 케이크 한 조각을 고르는 데에도 사라사가 이 케이크를 좋아해서 감정의 동요가 일면 어쩌지, 하는 생각에 신중해질 수밖에 없었다. 결국 15분 넘게 고민한 끝에 별로 인기가 없을 것 같은 슈크림빵을 샀다. 결국 이도 저도 아니게 된 것 같았다.

나쓰키는 사라사의 병실 문앞에 멈춰 섰다. 이렇게 사라사를 만나도 될지, 이게 옳은 일인지에 대해서는 여전히 확신이 서지 않았다. 그렇지만, 마지막으로 한 번만 더, 사라사를 보고 싶었다.

나쓰키는 심호흡을 한 뒤 아무 일도 없다는 듯 가벼운 미소를 머금고 문을 열었다. 가면을 쓰던 버릇이 지금 이 순간 큰 도움이 된 것 같았다.

"사라사 괜찮아? 기분은 좀 어때?"

사라사는 나쓰키를 보자 읽던 책을 덮고 자세를 바꿔 앉았다.

"나쓰키, 와줬구나."

환자복을 입은 사라사는 예전보다 더 말라 보였다. 그래서 생각보다 안색이 나쁘지는 않았지만 안심할 수는 없었다. 사라사는 처음 만났을 때부터 죽음을 향해 가고 있었고, 그걸 숨겨왔으니까.

"당연히 와야지. 얼마나 걱정했는데."

나쓰키는 병실에 있던 파이프 의자를 돌려 앉으며 사

라사와 마주 봤다.

"아, 이거 병문안 선물이야. 지금 먹을래?"

나쓰키가 슈크림빵을 내밀자 사라사는 "나중에." 라고
대답했다.

"그래도 건강해 보여서 다행이다. 깜짝 놀랐어. 자세히
는 못 들었는데 많이 아팠어?"

나쓰키는 사라사의 상태를 모르는 척 운을 뗐다. 가슴
이 조여드는 기분을 느끼며 사라사의 반응을 기다렸다.

사라사는 허공을 두리번거리더니 대답했다.

"비⋯⋯."

"비?"

"빈혈이래, 빈혈. 뭐 별거 아니야."

말을 마친 사라사는 입술을 삐죽 내밀고 휘파람을 불
려고 했다. 소리는 나지 않았다. 눈동자도 아까부터 계속
미세하게 흔들리고 있었다.

"그렇구나⋯⋯."

사라사는 정말 거짓말을 못 하는 사람이구나, 라고 생
각하면서 나쓰키는 깊게 숨을 쉬었다.

생각해보면 나쓰키는 사라사의 거짓말을 처음 들었다.
그녀는 다른 사람을 속이지 않는 사람이니까. 남의 인상

이나 분위기 때문에 자신을 굽히지 않는 사람이니까. 설령 자신의 그런 태도로 인해 주변 사람들이 낯설게 느껴 떠나가더라도, 언제나 자신의 마음을 직설적으로 표현하는 사람이었다.

그런 그녀가 거짓말을 했다. 나쓰키는 어색하지 않게 거짓말에 장단을 맞췄다.

"빈혈? 생각해보니 중학생 때 갑자기 쓰러진 친구가 있었는데 걔도 빈혈 때문이라고 했어. 간을 먹으면 좋다고 하던데."

"간은 싫어."

아마 간이 싫다는 말은 사실일 것이다. 흔들리던 눈동자가 멈췄기 때문이었다.

"하하. 난 좋아해. 아, 간 말이야."

나쓰키는 간에 관한 이야기를 계속 이어갔다. 고깃집에서 생간을 시켰다가 후회했던 이야기부터 특이한 레시피를 활용해 간을 요리했던 경험담, 그리고 로코도 간을 못 먹는다는 이야기까지. 물론 사라사는 전혀 웃지 않았고 어딘가 이상한 얼굴로 나쓰키의 이야기를 듣고 있었다.

시시한 이야기가 끝나자 둘 사이엔 침묵이 흘렀다. 병실의 꽃병에 아무것도 꽂혀 있지 않다는 것을 그제서야 깨달았다. 마법으로 해바라기라도 만들어 선물할까 했지만 그것도 그만뒀다. 의미가 없었다. 아니, 의미만 없는 게 아니라 사라사에게 좋지 않을 것 같았다.

"사라사도 쉬어야 하니까, 너무 오래 있으면 안 될 것 같아. 그럼 나는 이만……."

분노와 무기력함을 느낀 나쓰키가 자리를 뜨려고 일어났을 때, 사라사는 고개를 숙이며 나쓰키의 옷자락을 잡았다.

"잠깐만."

사라사의 목소리에서 간절함이 느껴져 나쓰키는 다시 앉았다.

"그때 내가 한 말……."

사라사는 고개를 들고 나쓰키와 눈을 마주쳤다. 그 눈은 진지했고, 볼은 약간 붉었다. 그녀의 긴장과 망설임이 향기롭게 전해져오는 것 같았다.

"그때…?"

나쓰키는 말끝을 흐렸지만 사실은 알고 있었다. 그날 밤 사라사는 나쓰키에게 좋아한다고 마음을 전했다. 그러고는 바로 쓰러져서 기억을 못할지도 모른다고 생각했는데, 의지가 강한 사라사가 역시 그럴 리 없었다. 그리고 흐지

부지 넘어갈 생각도 없는 것 같았다.

　나쓰키는 그때 자신이 어떻게 대답하려고 했는지 떠올렸다. 만약 이런 상황이 아니었다면 앞으로 한발 내디뎠을지 모른다.

　나쓰키는 지금까지 자신의 마음을 솔직히 드러내본 적은 없었지만, 사라사와 함께라면 가면을 쓴 겁쟁이도 용기를 낼 수 있을지 모른다고 생각했다.

　다만 나쓰키는 알고 말았다. 자신의 대답이 사라사의 생명과 미래에 어떤 영향을 미칠지.

　"나는……."

　"괜찮아."

　사라사는 말을 꺼내려던 나쓰키를 가로막았다. 그리고 늘 하던 것처럼 고개를 흔들었다.

　"대답하지 않아도 돼. 그냥 내 마음을 전하고 싶었을 뿐이니까. 사실 생각지도 못한 일인데, 이런 감정은 처음 느껴봐서."

　사라사는 말을 멈췄다가 잠시 생각에 잠긴 뒤 말을 이었다.

　"나도 모르게 흘러나왔다?"

　의문형으로 전달된 마음은 매우 순수했다. 잔에 담긴

물이 넘치면 테이블을 적시는 것처럼, 사라사의 마음의 잔에 조금씩 차오른 감정이 넘쳐흘러 나쓰키의 가슴을 적셨다.

나쓰키는 아랫입술을 깨물며, 넘쳐흐르려고 하는 자신의 감정에 뚜껑을 덮어 겨우 막았다.

'아, 나는 항상 이런 식이야…….'

나쓰키는 생각했다.

"나쓰키와 사귀고 싶다거나 그런 건 아니야."

"하지만……."

"나, 곧 외국으로 유학을 가. 인사도 못 하고 갑자기 가게 될 수도 있어."

사라사는 고개를 숙인 채 자신의 오른손으로 왼쪽 팔꿈치를 만지며 그렇게 말했다. 상대에게서 시선을 돌리는 것도, 자신의 몸을 만지는 것도 사람이 거짓말을 할 때 흔히 보이는 행동이었다.

"어느 나라로 가는 거야?"

"…프, 프, 프랑스."

"그렇구나."

다만 나쓰키는 세상에서 가장 서툰 거짓말에 장단을 맞추는 것밖에 할 수 있는 게 없었다.

"그러니까 나쓰키의 대답은 안 들을래. 지금이 좋아."

이 말에는 진심이 담겨 있었다.

"고백받았는데 대답도 하기 전에 차인 건 처음이야. 충격이네."

"내가 나쓰키의 첫 경험이 되었네."

사라사가 특유의 무표정한 얼굴을 하고 브이 사인을 내밀어 보였다.

"하하하… 그래도 유학 가기 전까지 시간이 좀 있지?"

"응."

"건강해지면 다시 이곳저곳 놀러 가자. 사라사가 웃을 수 있게 내가 많이 준비할 테니까."

나쓰키도 거짓말을 했다.

분명 세상에서 제일 잘한 거짓말이었을 거다.

*

병문안을 마치고 병원 입구를 나왔을 때, 나무 위에 있던 로코가 나쓰키의 어깨 위로 뛰어내렸다.

"어때? 어때 보여? 어땠는데?"

시끄러운 고양이였다. 그도 나름대로 걱정해서 묻는

말이겠지만 이렇게 귓가에 대고 떠들어대면 짜증 날 때도 있었다.

"사라사가 거짓말을 했어."

"뭐? 그건… 또 의외네."

로코의 반응에 나쓰키는 웃었다. 로코도 사라사가 꾸밈없고 올곧은 사람이라고 생각했던 것이다. 나쓰키는 로코를 땅에 내려놓으며 말했다.

"나쁜 의도로 그런 건 아니었어. 거짓말이라는 게 티가 다 났고."

혼자 남게 될 나쓰키가 괴롭지 않길 바라서. 사라진 자신을 떠올리며 나쓰키가 힘들지 않게 하려고… 사랑이 이루어지길 바라는 마음도, 나쓰키가 자신을 기억해주길 바라는 희망도 던져버린 채 말이다.

"그게 말이 돼?"

나쓰키는 자조 섞인 말을 내뱉고는 로코를 가방에 넣은 뒤 자전거를 탔다. 무의식적으로 튀어나온 생각과 행동이었다.

"아니, 나쓰키! 왜 얘기를 하다가 말아!"

"나중에 얘기할게."

"나중에 언제! 그리고 지금 어디 가는 거야?"

폭풍을 잠재우는 대마법을 터득하려면 마법에 대해 더 깊이 알아야 했다. 깊이 공부한다 해도 그 마법을 터득할 수 있을지 없을지는 아무도 모른다. 그러나 아무것도 안 하고 가만히 있을 수는 없었다.

오랜만에 타는 자전거였다. 열심히 자전거 페달을 밟는 나쓰키는 무언가에 맞서려는 것도 같았고, 현실에서 도망치려는 것처럼 보이기도 했다.

*

대학생의 여름방학은 길다. 방학 동안에는 학기 중 함께 놀았던 동기, 선후배들과 만나는 횟수가 훅 줄었다. 학교에서는 자연스레 만나 얘기를 나누지만 여름방학 중에 만나는 건 이야기가 달랐다. 그 만남을 위해 굳이 약속을 잡고 어디론가 가야 하니까. 친한 친구나 연인이 아니고서야 그렇게까지 해서 만나는 경우는 거의 없다. 그럼 나쓰키와 사라사는 무슨 사이일까.

사라사로부터 퇴원했다는 연락이 왔다. 하지만 나쓰키는 사라사를 만나러 가지 않았다. 자신의 이런 행동이 그녀에게 상처를 줄 수도 있다는 것을 알았지만, 자신과의 만남으로 인해 병이 더 악화될 수도 있기 때문이다.

종종 사라사에게서 메시지가 오기도 했다.

✉잘 지내?

나쓰키는 반나절 내내 생각하고 겨우 답장했다. 언제나 즉답하는 나쓰키로서는 드문 일이었다.

✉응, 사라사는?

잠시 후 회신이 왔다.

✉건강해.

나쓰키는 잠시 생각하고 메시지를 작성했다.

✉지금, 새로운 마술을 익히는 중이야.

✉그렇구나.

✉응.

✉어디 가지 않을까, 라고 생각했거든. 그럼 기다리고 있을게.

사라사의 메시지에 나쓰키는 울 뻔했다. 자신에게 구역질이 났다. 이상하게 오늘따라 더 무겁게 느껴지는 휴대전화를 잡고 최대한 가벼운 어조로 답장을 했다.

✉땡큐.

'오케이.' 라고 적힌 사라사의 고양이 이모티콘으로 대화는 마무리되었다.

나쓰키가 들어가 있는 몇몇 동아리 단톡방에서 매일 주고받는 대화의 10분의 1도 안 됐지만 100배의 마음이 담겨 있었다. 한 글자 한 글자 진심을 담아 쓰다 보니, 휴대전화를 누르는 손가락 끝이 떨렸다.

순식간에 여름이 지나갔다.

나쓰키는 대학 동기들이나 같이 아르바이트를 했던 사람들로부터 술자리에 나오라는 연락을 받았다. 평소의 나쓰키라면 적당히 얼굴을 비추며 원만한 관계를 이어갔을 것이다. 하지만,

✉️미안미안. 요즘 아르바이트를 많이 하고 있거든. 나가기는 힘들 거 같아…….

라고 거절했다. 지금은 그보다 먼저 해야 할 일이 있다. 나쓰키는 단 하나의 마법을 터득하는 데 모든 것을 걸고 있었다.

기상캐스터 시험을 봐도 합격할 수 있지 않을까 싶을 정도로 기후와 일기日氣에 대해 열심히 공부했고, 그동안 아르바이트를 하며 모은 돈으로 스카이다이빙도 했다. 탈레스의 철학도 배우고, 장거리 수영도 열심히 배웠다. 깊은 산중으로 들어가 폭포를 맞기도 했다. 할머니 말씀으

로는, 이런 고전적인 훈련법이 마법을 연마하는데 효과가 있다고 했다.

그러나 그 효과는 미비했다. 어쩌다 마법을 사용하면 눈이 충혈되었고, 순간 정신이 아득해질 정도로 집중을 해도 번번이 실패였다. 혹시 나쓰키 자신이 운명의 방아쇠를 당길 각오가 되지 않아서 그런 건가 하는 생각이 들 정도였다.

할머니는 말씀하셨다. 진심으로 상대를 미소 짓게 하고 싶을 때, 마법은 강한 효과를 얻을 수 있다고. 자신이 그 조건을 충족하고 있다고 말할 수 있는가? 답이 나오지 않았다.

사라사와 메시지를 주고받는 횟수가 점점 줄어갔다. 하루에 한 번에서 사흘에 한 번, 일주일에 한 번으로. 그러나 사라사는 여전히 자신의 병세에 대해 아무 말도 없어서, 정말 그녀가 죽는 게 맞는지 실감나지 않았다. 그런 사정을 몰랐다면 나쓰키는 지금도 사라사와 대화를 하며 웃고 있었을 것이다.

하지만 알고 말았다. 그녀가 애써 아무렇지 않은 척하고 있다는 걸 알아버렸다.

여름방학이 끝나면 사라사는 예전처럼 학교에 나올 것

이다. 나쓰키에게 아무것도 들키지 않도록 열심히 지낼 것이다. 아무리 아프고 힘들고 슬퍼도, 마지막 순간까지 목숨 걸고.

나는 그런 그녀를 지금까지처럼 대할 수 있을까? 그녀와 만날 때, 혹은 캠퍼스에서 우연히 마주쳤을 때, 얼굴을 보며 웃을 수 있을까. 그게 오히려 그녀의 남은 생을 재촉하게 되지 않을까.

그게 무서웠다. 그래서 너무 보고 싶은데도 만날 수가 없었다. 남들에겐 진부한 사랑 노래 가사처럼 들릴지 모르지만, 나쓰키는 누구보다 간절했고, 잔혹한 현실에 울고 싶었다.

사라사와 나쓰키는 서로에게 진실을 숨긴 채, 2학기를 맞이했다.

제3장

부디 그녀가
죽을 수 있기를

대학교 1학년, 스무 살의 여름. 입시 준비를 하던 고등학생 시절보다는 훨씬 자유롭고 즐거웠지만 고마쓰 유나에게 이번 여름방학은 이상하게도 너무 길게 느껴졌다. 밤늦게까지 실컷 놀다가 늦잠을 자고, 시간 상관없이 친구들과 맘 편히 놀 수 있는 건 좋았지만, 그래도 방학은 영 길게 느껴졌다. 친하다고 생각했던 학과 선배와의 거리가 여름방학 동안 이렇게 멀어질 줄 몰랐기 때문이다.

하지만 그 길던 여름방학도 이젠 끝이 났다. 수요일인 오늘, 1학기 때부터 듣고 있는 생리학 시간. 네 칸쯤 떨어진 자리에 그 선배, 나쓰키가 있었다.

나쓰키는 1학기 때와 마찬가지로 도파민이 어떻고 옥시토신이 어떻고 일장 연설을 늘어놓는 교수의 말을, 1학기 때와 달리 진지하게 듣고 있었다.

그는 유나가 기억하는 것보다 훨씬 더 어른스러워 보였고 전과 달리 사람들과 있을 때 즐거워 보이지도 않았다.

산뜻한 생김새도, 밤색 머리도, 맵시 좋은 몸매도 그대로였지만 뭔가 달랐다. 무언가 그늘진 듯한 분위기. 미묘한 차이였지만 유나는 알아차릴 수 있었다.

무슨 일이 있었던 걸까.

"…헉!"

어떤 생각이 퍼뜩 떠오른 유나는, 강의 중임에도 불구하고 소리를 질러버렸다.

"고마쓰 양, 무슨 일이죠?"

교수의 지적에 유나는 작은 소리로 사과했다.

혹시 나쓰키는 실연을 당한 게 아닐까. 그러고 보니 짚이는 게 있었다. 속이 타들어가는 유나는, 강의는 듣는 둥 마는 둥하고 수업이 끝나자마자 나쓰키를 따라 일어났다. 말을 걸어볼까 생각했지만 타이밍을 놓치고 말았다. 어쩔 수 없이 그를 몰래 따라가보기로 했다.

어쩌다 보니 미행을 하는 꼴이 되어버려서 스스로도

좀 탐탁지 않았지만, 그래도 사랑에 빠진 사람은 어쩔 수가 없다고 스스로를 변호했다. 스스로 이 상황을 약간 즐기는 것 같기도 했다.

나쓰키는 수업을 들었던 건물을 빠져나와 동문 쪽으로 향하는 듯했다. 아마 학생식당이나 매점이 아니라 밖에서 점심을 먹으려는 것 같았다. 그런데 항상 가던, 중앙도서관 앞 나무 아래 벤치로 가는 것 같지 않았다.

유나로서는 무척 궁금했다. 1학기 때 나쓰키는 유난히 어떤 여자와 함께 있는 일이 많았다. 그녀는 체구는 작지만 어른스러워 보이고 묘한 분위기를 풍기는 사람이었다. 묘하게 예쁘고, 표정 없는 얼굴도 묘하게 인형 같았던 사람.

나쓰키는 주변에 사람도 많고 두루두루 인기도 좋았는데, 유난히 그 사람하고만, 게다가 조용해 보이는 그녀하고만 함께 있다는 게 조금 마음이 불편했었다. 그냥 마음에 들지 않았다.

과연…….

"으악!"

이런 생각에 잠겨 나쓰키를 쫓던 유나는 또다시 소리를 지르고 말았다. 나쓰키가 가는 방향에서 그가 자주 만

났던 그녀, 하츠미 사라사가 걸어나오고 있었기 때문이
다. 사라사가 나온 곳은 법문학부 건물이었고 이대로 조
금만 더 걸어가면 나쓰키와 마주치게 될 것 같았다.

세 걸음, 두 걸음, 한 걸음…….

나쓰키가 먼저 깨달은 것 같았다. 그는 순간 움찔했다.
뒤늦게 사라사도 나쓰키를 보았다. 둘은 걸음을 멈추고
서서 잠시 이야기를 나눴다. 나쓰키는 사라사에게 미소를
지었고 사라사는 무표정으로 고개를 끄덕였다. 둘의 대화
는 그것으로 끝이 났다. 각자 가던 길로 다시 걸어가기 시
작했다. 나쓰키의 발걸음이 유난히 빨라 보였다.

나쓰키의 웃는 얼굴이 평소보다 어색했던 것이나 허둥
지둥 떠나는 것이 그답지 않아서 위화감이 들었다. 평소
그에게서 느꼈던 온기가 전혀 느껴지지 않았다. 하지만
이런 것들은 유나가 아니면 알아차리지 못할 정도로 사소
한 것이었다.

방금 그 모습은 어떻게 봐야 할까… 생각에 잠긴 유나
쪽으로 사라사가 걸어왔다. 유나는 초조해졌다. 둘이 혹
시 사귀었다 헤어진 건 아닐까? 만약 눈물을 참고 있는
사라사의 얼굴을 보기라도 한다면… 유나야말로 울어버
릴 것 같았다.

하지만 정작 사라사는 무표정이었다. 그런데 왜 그럴까. 그녀는 슬퍼 보였다. 적어도 유나의 눈에는 그렇게 보였다.

일단 유나는 사라사에게 가볍게 인사를 건넸다.

"아, 저기! 음… 저, 그러니까… 좋은 하루 보내세요!"

사라사는 주위를 두리번거리더니 자신에게 하는 말인지 확인하기 위해 스스로를 가리켰다.

유나는 말을 내뱉고 나서야 방금 내가 뭘 한 거지? 하는 생각이 들었지만 이미 늦었다. 그녀는 이미 자신을 이상한 사람이라고 생각했을 것이다.

하지만 사라사의 반응은 유나의 예상과는 달랐다. 그녀는 고개를 꾸벅 숙이더니 한 마디를 덧붙였다.

"응, 너도 좋은 하루 보내."

*

자랑스러운 마리야의 심부름꾼인 로코티아카 파넬리아 오브 더 노잠푸르 3세, 일명 로코는 캠퍼스를 배회하고 있었다. 보통은 나쓰키의 가방 속에 들어가 그와 동행하는 경우가 많은데, 오늘은 좀 답답했기 때문이다.

"음! 좋은 계절이구나!"

로코는 그렇게 말하고 느긋하게 걸었다. 그러면서 '찌는 듯한 더위가 지난 뒤에 가을바람은 솔솔 불고, 캠퍼스에 있는 나무들이 물들어가는 풍경은 고귀한 나로서도 싫지 않군.' 같은 생각을 하며 조금 더 순찰을 하기로 했다.

"게다가 나쓰키도 혼자 생각할 시간이 필요할 테니까!"

로코는 오랜 시간을 나쓰키와 함께 보냈다. 그러다 보니 사라사에 대해서도 알게 되었고, 그녀가 가진 모종의 고결함을 좋게 생각하고 있다. 그러나 그녀가 안고 있는 사정을 생각하면, 로코는 왼쪽 앞다리의 관절이 아파왔다.

"음, 여기는."

로코의 눈앞에 중앙도서관 앞 벤치가 눈에 들어왔다. 나무 그늘 아래 있는 이 벤치는 나쓰키와 사라사가 자주 함께 있던 곳이었지만 오늘은 아무도 없었다. 로코는 벤치 위로 뛰어올라가 그대로 자리를 잡고 누웠다.

이곳은 바람이 잘 통해 나무잎이 흔들리는 소리도 기분 좋게 들려왔고, 나뭇잎 사이로 드리우는 햇살도 따사로워 로코가 좋아하는 곳이었다. 여기에 이렇게 누워 있다가 그 둘을 만나면 좋겠다는 생각도 들었다.

"와, 고양이다! 귀여워!"

"난 그냥 고양이가 아니야! 쓰다듬지 마! 아니, 조금 더 밑에를 쓰다듬어…!"

"앉고 싶은데… 야옹아, 좀 비켜봐."

"내가 먼저 앉아 있었잖아, 이 무례한 놈아!"

"가다랑어포 주면 먹으려나?"

"잠깐이라면 앉았다 가도 괜찮아…!"

지나가는 대학생들의 말에 꼬박꼬박 대답했지만 평범한 인간에게 로코의 대답은 단지 야옹하는 소리로밖에 들리지 않았다.

"아이고! 요즘 애들이란!"

로코는 화를 내더니 벤치 한가운데에 본격적으로 자리 잡고 대자로 누웠다. 그때였다.

"너……."

둥글게 몸을 말려던 로코에게 들려온, 귀에 익은 목소리. 로코는 목소리가 들린 쪽으로 고개를 돌렸다.

"나쓰키의 고양이… 롤로?"

"나는 로코란 말이다!"

"아니, 로코라고 했었나? 로코, 산책하고 있어?"

"맞아!"

로코에게 말을 건 사람은 방금 전 로코의 마음을 싱숭

생숭하게 했던 그녀, 사라사였다. 흰 피부와 평온해 보이는 얼굴은 그대로였지만 사라사는 어딘지 모르게 유난히 기운이 없어 보였다. 살이 더 빠진 것 같기도 하고, 혈색이 안 좋아 보이기도 했다.

사라사의 손에는 마트에서 산 샌드위치가 들려 있었는데, 이 벤치에 앉아 점심을 먹을 요량인 것 같았다.

"레이디, 이쪽으로."

로코는 그렇게 말하고 왼쪽으로 자리를 옮겨 사라사에게 공간을 내주었다. 만약 나쓰키가 오면 벤치에서 내려와 나무 위로 올라가야겠다고 생각했지만, 나쓰키는 오지 않았다.

"고마워."

"별말씀을."

"잘 먹겠습니다……."

가을의 향기를 풍기기 시작한 나무 아래. 꽤 괜찮은 위치긴 했다. 그러나 주위를 다니는 학생들이 웃고 떠드는데 반해 사라사는 쓸쓸해 보였다. 적어도 로코의 눈에는 그랬다.

"야옹.(사라사, 너 그… 몸은 괜찮아?)"

"무슨 일이야?"

"야옹야옹.(학교도 쉬는 건가 싶었는데, 이제 괜찮은 거야?)"

"뭔가 말을 거는 것 같네. 특이한 고양이구나, 로코는."

로코는 사람의 말을 할 수 없는 자신이 원망스러워졌다. 어쩔 수 없이 사라사에게 다가가 그녀의 허벅지에 볼을 갖다 댔다. 사라사는 그런 로코를 안아 무릎 위에 올려놓았다.

"걱정해주는 거야?"

역시 사라사는 눈치가 빠르다고 로코는 생각했다. 주인인 나쓰키 따위보다 훨씬 낫다.

"내가 나쓰키 대신 사과할게. 그래도 이건 알아줬으면 좋겠어. 나쓰키도 나쓰키 나름대로 고민하고 있어."

로코는 샌드위치를 든 사라사를 올려다보며 이렇게 말했다. 연신 야옹거리는 로코가 신기한 듯 사라사는 고개를 갸웃했다.

"누군가랑 같이 밥 먹는 거, 오랜만이야."

사라사는 혼자 중얼거렸다. 무표정해 보였지만, 나쓰키가 보면 또 다를지도 모른다…….

"말동무라면 언제든지 되어줄게!"

야옹 소리밖에 전해지지 않을 테지만 로코는 앞다리를

들어 어필했다. 로코의 그런 배려가 통했는지 사라사는 잠시 멈칫하더니 불쑥 이렇게 말했다.

"나는 곧 죽어."

그녀가 희귀병 때문에 감정을 잘 드러내지 않는다는 건 알고 있었지만, 갑자기 이렇게 충격적인 말을 담담하게 내뱉자 깜짝 놀랐다.

다만 그렇다고 그녀가 정말 아무렇지 않다고 생각할 정도로 로코는 어리지도, 어리석지도 않았다.

"이제 곧 학교에 오는 것도 어려워지겠지. 점점 안 좋아지는 게 느껴져."

사라사는 샌드위치 포장지를 가방에 넣고 로코의 등을 쓰다듬었다. 남이 자신을 쓰다듬는 것을 좋아하지 않는 로코였지만 지금은 그대로 몸을 맡겼다.

"그래도, 아니, 그러니까 나쓰키를 만나서 다행이라고 생각해."

인형이니 로봇이니 하는 소문이 난무한 그녀의 손은 매우 부드러웠다.

"너는 강하구나. 나쓰키 때문에 네 수명은 줄어들었을 텐데, 그런데도……."

로코는 사라사의 표정을 바라보았다. 아주 살짝 눈을

찡그리고 있었다.

"나는 어차피 죽으니까, 죽음을 잠시 늦출 바에야 한 번이라도 마음껏 웃어보고 싶었어. 행복하다는 게 어떤 건지 궁금했어. 그래서 평범하게 지내기로 한 거야."

사라사는 눈을 감고 무언가를 추억하듯 중얼거렸다.

어차피 죽을 거라는 말에 담긴 용감한 마음. 그녀에게는 대학에 진학한 것도, 천체관측을 한 것도, 『세계의 폭소 개그 100선』을 읽은 것도 모두 비장한 도전이었던 것이다.

"나쓰키를 만나서, 여러 가지를 배웠어. 맛있었고 재밌었어. 어쩌면 웃을 수 있을지도 모른다고 생각할 만큼. 『세계의 폭소 개그 100선』보다 훨씬 재밌었어."

사라사의 목소리가 떨리고 있었다. 그녀의 안에 있는 감정이, 외로움과 아픔, 참을 수 없음이 그대로 전해져왔다. 로코는 뭐라도 해주고 싶었지만 어찌할 줄 몰라 그저 그녀 곁을 지키고만 있었다.

나쓰키와 사라사가 함께 보낸 여름 풍경이 로코의 뇌리를 스쳐갔다. 학생식당, 강의실과 수족관, 라이브 하우스, 별이 빛나는 하늘 아래… 두 사람의 만남이 사라사에게 좋은 일이었을까, 아니면 그 반대였을까.

"요즘 나쓰키는 바쁜 것 같아."

사라사는 하늘을 올려다보고 있었다. 눈물이 고였는지는 알 수 없었다. 다만 로코가 앉아 있는 그녀의 무릎이 아까부터 조금씩 떨리고 있었다.

"나쓰키와 약속했어."

사라사는 로코와 눈을 마주치며 그렇게 말했다. 그녀의 눈동자는 그야말로 별처럼 빛나며 애틋하게도 아름다운 빛을 띠고 있었다.

로코는 깨달았다. 그녀는 자신이 원하던 것을 포기하지 않았다는걸. 그녀는 진심으로 웃을 수 있는 마지막 기회를 나쓰키에게 걸고 있다. 질병의 진행 상황, 나쓰키와의 관계, 여러 가지가 장애물이 될 수 있는 가운데 오직 한마음으로.

사라사가 말한 약속, 그것이 무엇을 의미하는지는 로코도 알고 있다. 그걸 지키기 위해 나쓰키가 각오를 되새기며 무엇을 하고 있는지도.

"나쓰키가 기억할지 모르겠지만 나는 곧 유학 갈 거야."

사라사는 또 거짓말을 했다. 매우 상냥한 거짓말이었다.

"아주 잠깐이라도, 빛날 수 있으면 좋겠어. 별똥별처럼."

사라사는 그렇게 말하고는 안고 있던 로코를 벤치에

내려놓았다. 듣는 것밖에 할 수 없었던 로코였지만, 지금의 대화로 그녀의 기분이 조금은 가벼워졌으면 좋겠다 생각했다.

사라사는 가방을 메고 오후 강의를 나섰다. 사라사의 뒤를 몇 걸음 쫓아가자 사라사는 뒤돌아보며 검지를 입가에 대고 쉿, 하고 말했다.

"나쓰키에게는 비밀."

로코는 다시 사라사의 표정을 보았다. 나쓰키가 원했던 표정과는 정반대의 표정. 눈물을 머금은, 슬플 때 짓는 평범한 표정. 그녀를 모르는 사람도 분명히 알 수 있을 정도의 표정 변화였다.

사라사는 자신의 감정에 둔감했지만, 그렇다고 슬프지 않을 리 없었다. 죽고 싶지 않다고, 왜 나에게 이런 일이 일어났느냐고 외치는 밤이 없었을 리 없다. 그러나 지금까지 이런 숱한 고뇌에도 눈물 한 방울 흘리지 않았던 그녀가, 마지막이 다 되어서야 단 한 가지를 바라며 눈물을 한 방울 흘렸다.

그 눈물은 로코가 아는 그 무엇보다도 아프고, 애틋하고, 덧없고… 그리고 아름다웠다. 로코가 지금의 이 일을 나쓰키에게 전하는 일은 없을 것이다.

"나는 영국 신사다. 신사는 숙녀와의 약속을 소중히 생각해…!"

"꼭 내 말에 대답해주는 것 같네."

사라사는 로코의 머리를 쓰다듬었다. 로코는 눈을 감고 사라사의 손길을 느꼈다.

"나는 여기 자주 오니까. 괜찮다면 또 와줄래?"

"그럼!"

로코는 조금 전 그녀와 같은 표정으로 울 것 같았던 스스로를 다독이며 분명하게 대답했다.

*

바 보디스에서 아르바이트 중이던 나쓰키는 창문 너머로 비가 내리는 걸 봤고, 점장에게 오늘은 일찍 퇴근해도 괜찮을지 물었다. 가게의 사정도 잘 아는 마당에 멋대로 그런 부탁을 하는 게 죄송해, 나쓰키는 오늘 일찍 간 만큼 아르바이트비에서 제해도 되고 다음날 새벽에 일찍 출근하겠다고 말하려 했다. 점장의 반응은 예상과 달랐다.

"손님도 이제 끊긴 것 같고, 안 될 것도 없지."

"저… 정말요?"

"너, 비가 오길 기다렸지?"

손님이 없는 바. 카운터에서 잔을 닦던 점장은 나쓰키 쪽으로 시선을 주지 않고 말했다. 그의 관찰력에 나쓰키는 내심 놀랐다.

"무슨 일인지는 모르겠지만 평소 너답지 않게 진지해 보여서 말이야. 어서 가봐."

점장의 귀찮은 듯한, 그러나 상냥함이 배어 있는 말이었다. 나쓰키는 고개 숙여 깊이 인사하고 바를 나섰다. 그렇게 향한 곳은, 평소 퇴근길에 들르는 근처 해안가였다. 사라사와 처음 만난 곳이기도 했다.

가을밤. 해변으로 유명한 쇼난이지만, 이런 계절은 별로 인기가 없다. 나쓰키는 모래사장을 조금 걷다가 파도가 치는 곳 바로 앞에 멈춰 섰다.

"후……."

나쓰키는 심호흡하고 하늘을 올려다보았다. 하늘 끝자락에 탁한 구름이 달과 별을 가리는 커튼처럼 끝없이 이어져 있었다. 빗방울이 얼굴에 떨어졌다.

그 마법을 시험해볼 기회였다. 나쓰키는 비를 맞으며 지금까지 배운 것을 다시 한 번 되새겼다. 머리로는 완벽히 이해했다. 완벽하다 싶을 만큼 연습했다. 그러니까 할 수 있을 것이다. 이번에도 실패하면 더는 도전할 수 없을 것 같았다. 그게 무서웠다……

"그나저나 로코 이 녀석은 어디에 있는 거야…?"

심부름꾼인 검은 고양이는 나쓰키가 등교할 때만 잠깐 얼굴을 비출 뿐, 요즘 혼자 다니는 경우가 많았다. 나쓰키가 새로운 대마법에 도전하려는 지금도 로코는 코빼기도 보이지 않았다.

"할 수 있다. 할 수 있어!"

빗줄기가 거세지고 머리와 옷도 조금씩 젖어가는 가운데, 나쓰키는 천천히 오른손을 들었다. 손가락을 튕길 준비를 하고 마력을 담았다. 손끝에 빛과 열이 모여들었다. 나쓰키의 마음에 사라사의 얼굴이 스쳐 갔다. 무표정, 이해하기 어려운 화난 얼굴, 평소보다 아주 조금 더 눈을 크게 뜬 놀란 얼굴, 입을 살짝 벌리고 감탄하는 얼굴, 눈을 내리깐 슬픈 얼굴.

그녀가 웃는 얼굴은 떠오르지 않았다. 상상할 수도, 기대할 수도 없었다. 오직 그 모습을 위해 이 마법을 배웠는데… 그 모습을 떠올리려 하면 할수록 차갑고 잔혹한 죽음의 이미지가 마음을 짓눌렀다.

"…흡!"

나쓰키는 손가락을 튕겼다. 마력이 번쩍 하더니 한 줄기 빛이 하늘로 올라갔지만, 아무 일도 일어나지 않았다. 쏟아지는 비는 모래사장과 그곳에 선 얼빠진 마법사를 고스란히 적셨다.

실패했다. 사라사를 피하는 게 그녀에게 상처를 준다는 걸 알면서도 스스로 결론을 내리기 힘들어 도망쳐놓고, 그렇게 준비한 것마저 실패로 돌아갔다.

"실패야……."

나쓰키는 모래사장에 주저앉았다. 젖은 모래알이 몸 여기저기 들러붙어 무겁게 느껴졌다. 사실은 알고 있었다. 이 마법을 쓸 수 있을 리 없다는걸.

마법은 누군가를 행복하게 하고 미소 짓게 하고 싶을 때 강해진다. 그러므로 나쓰키는 이 대마법을 사용할 수 없다. 쓸 수 있을 리가 없었다. 사라사의 죽음은 견딜 수 없을 만큼 무서우니까. 이것이 방아쇠를 당기는 행동인 걸 알기에 겁먹을 수밖에 없으니까. 좋아하는 사람의, 사랑하는 상대의 죽음을 바랄 수 있을 리가 없었다.

이 대마법은 100년쯤 전에 한 마녀가 만들어낸 거라고 들었다. 새로운 마법을 만들어냈다는 것은, 그 마녀가 누군가를 진심으로 행복하게 해줬다는 것이다. 만나본 적도 없는, 한 천문학자의 아내였다는 그 마녀가 부러워 질투가 날 정도였다.

나쓰키는 주저앉아 무릎을 껴안았다.

사라사를 피해 다닌지 두 달이 지났다.

그녀와 만났던 봄, 함께했던 여름이 지났고, 이제는 완연한 가을에 접어들었지만 사라사와는 거의 만나지 않고 있었다.

캠퍼스에서 우연히 사라사를 볼 때마다 그녀는 야위어 가고 있었고 도자기 같은 피부는 혈색을 잃어가는 듯했다. 나쓰키는 그녀가 점점 생명력을 잃어가는 것을 느끼면서도 그녀를 만나지 않는 이 상황이 힘들었다.

10월에 들어서자 이제 교내에서 사라사의 모습을 볼 수 없게 되었다. 그녀가 자주 결석하게 되었기 때문이다. 안 좋은 예감이 들었다.

나쓰키는 데님 주머니에서 휴대전화를 꺼냈다. 몇 통의 부재중전화가 와 있었고 메시지도 남겨져 있었다. 하츠미 이오리, 의사이기도 한 사라사의 언니였다. 메시지 내용이 제대로 머리에 들어오지 않았다. 이해할 수 있는 것은 짧게 끊어져 있는 단편적인 단어들뿐이었다.

자퇴, 입원, 면회 사절, 잊어줘.

메시지 내용은 바로 이해할 수 있었다. 사라사에게 무슨 일이 일어났는지, 어떻게 될지… 그리고 결정적인 한 문장.

✉️이건 사라사가 직접 결정한 거야.

사라사는 남들과 같이 평범한 삶을 살기 위해 노력해 왔다. 그런 그녀가 남은 시간은 혼자 보내고 싶다고 한다. 지금까지 그래왔던 것처럼 웃는 일이 없도록. 나쓰키가 사라사를 피하는 동안 사라사는 그렇게 결정했다.

그 결정이 나쁘다고 할 수는 없었다. 나쓰키와 만나는 일이 없다면, 그만큼 즐거움이 줄어든다면, 사라사의 수명은 줄지 않으니까. 세상 누구도 그녀의 결단에 대해 이러쿵저러쿵할 자격이 없다.

극적인 이별 장면은 없었다. 이 둘의 관계는 데크레셴도처럼 점점 열정이 줄어들었고, 한 통의 메시지로 끝이 났다. 그렇게 만든 것은 나쓰키 자신이었다.

나쓰키는 이를 앙다물었다. 입 안으로 피비린 맛이 느껴질 정도였다. 찰바닥거리는 파도 소리와 나쓰키의 신음만이 아무도 없는 바닷가를 채웠다.

반쪽짜리 마법사는 웃지 못하는 소녀에게 아무것도 해주지 못했다. 그리고 그 소녀로부터 이별 통보를 받았다. 그 이별 통보조차 직접 듣지 못했다.

　"나는……."

　나쓰키는 모래사장에 주먹을 내리꽂았다.

*

　나쓰키의 일상에서 사라사는 사라졌다. 스쳐 지나가는 일조차 없었다. 마지막으로 보낸 메시지는 여전히 '읽지 않음' 상태였고, 이제는 그녀를 위해 마법 수행을 하는 일도 없었다.

　사라사와 만나기 이전의 생활과 다를 것 없는 하루하루가 지나갔다. 수업을 듣고 아르바이트를 하고 동기들과 시시콜콜한 농담을 하며 웃었다. 똑같이 배도 고프고 잠도 왔다. 나쓰키에겐 그것이 충격이었다.

　항상 좋은 에너지를 전하는 인기 있는 사람. 그런 나쓰키였지만 사람들 사이에서 웃고 있는 자신이 왠지 모르게 메말라 보였다. 아니, 오래전부터 그랬을 것이다. 그걸 지금에야 깨달았을 뿐이다. 나쓰키는 사라사를 위해 여러 노력을 했다고 생각했는데… 정말 구원받은 것은 누구일까.

간혹 캠퍼스에서 무의식적으로 사라사의 모습을 찾기도 했다. 그녀가 여기 있을 리 없는데도. 그녀와 함께했던 짧았던 그 시간이 떠올라 갑자기 견딜 수 없어졌다. 지금 사라사는 어디서 어떻게 지낼지 생각하면 무너지려는 마음을 지탱할 수가 없었다.

이제 나쓰키가 할 수 있는 일은 없었다. 무언가를 하는 게 오히려 사라사에게 해가 될 뿐이었다. 이제 그만 생각하자, 잊자, 몇 번이고 자신을 그렇게 타일렀다.

"요즘 사라사가 안 보이는데 무슨 일인지 알아?"

4교시 수업이 끝나고 나쓰키가 자전거 주차장에 도착하자 기다리고 있던 로코가 물었다.

로코에게는 사라사의 상태에 대해 아무 말도 하지 않았다. 누군가에게 얘기함으로써 그것이 현실이 될까 두려웠던 걸까. 아니면 얘기해봤자 소용도 없고 동정받고 싶지도 않았던 걸까.

"응, 잘 모르겠네… 어디 여행이라도 갔나?"

말해봤자 아무것도 바뀌지 않는, 의미 없는 거짓말이었다. 나쓰키는 이런 자신에게 혐오감을 느꼈다.

"그런가… 그래도 걱정되니까 연락 한번 해보는 게 어때!"

로코는 그렇게 말하고 나쓰키의 어깨 위에 뛰어올랐다. 요즘 로코는 가방에 잘 안 들어가려고 했다.

"생각해볼게."

또 거짓말을 했다. 나쓰키는 최근 휴대전화를 자주 보지 않았다. 혹시 이오리로부터 연락이 온다면, 그 내용이 무엇일지 알 것 같았기 때문이다.

"꼭 해봐!"

"알겠어. 근데 사라사가 휴대전화를 잘 안 봐서… 늦게 확인할 수도 있어."

죽어가는 토끼의 상처를 치유한 그날부터 나쓰키의 인생은 거짓말뿐이었다. 항상 가면을 쓴 채 누군가를 속이고 웃음 짓고 있었다. 그런데 그 가면에 금을 내어준 여자가 있다. 아주 잠깐이지만 진실할 수 있었던 시간이었다. 그때 빌었던 소원은 나쓰키의 솔직한 마음이었고, 그때의 노력과 도전에는 진심 어린 바람이 담겨 있었다.

하지만 분명 그런 때는 다시 돌아오지 않을 것이다.

　　　　　　　　　＊

　병원 생활은 항상 똑같았다. 매일같이 맞는 여러 종류의 주사들, 그럼에도 하루가 다르게 쇠약해져 가는 몸, 덧없이 지나가는 날들과 얼마 남지 않은 시간. 그 와중에도 달력은 매일 보고 있었다. 그날을 잊지 않기 위해서.

　어쩌면 그날까지 기다리지 못할 수도 있겠다는 생각이 들기도 했다. 그건 싫었다. 무서웠다. 너무 무서웠다…….

　혼자 침대 위에서 떨기도 했고 잠이 오지 않을 때도 있었다. 하지만 계속 깨어 있을 정도의 체력은 없었고, 정신을 차리고 보면 나쁜 꿈을 꾸고 있었다.

　도저히 견딜 수 없게 되자 이런저런 생각이 났다. 캠퍼스 벤치에서 함께 샌드위치를 먹은 것, 수족관에 갔던 것, 라이브 공연을 본 것, 해변에서 함께 얘기하던 것, 그와 함께했던 모든 장면들이…….

　그런 생각을 하면 따뜻하고 포근한 기분이 들었다. 하지만 금방 몸 어딘가가 아프기도 하고 힘들어지기도 했다. 그날의 따뜻한 기억이 남은 시간을 재촉하고 있다는 걸 알 수 있었다.

　멋대로 행동해서 언니를 걱정시키고 말았다. 내가 이

런 짓을 하다니… 나조차도 놀라웠다. 병원으로 돌아가면 언니한테 혼나겠지만, 어쩌면… 혼나지 못할 수도 있겠다. 하지만 마치 성장통을 겪고 있는 것 같아서 조금 기뻤다. 이제 마지막일 것 같지만.

가슴이 답답해졌다. 몸에 힘이 안 들어가고 너무 추웠다. 그래도 가야 한다. 아니, 가고 싶다. 더 참는 건 나도 힘들다. 못 본 지 오래됐고 연락도 안 되고 있으니까.

비가 오기 시작하자 더 추웠다. 아까 넘어지는 바람에 무릎도 다쳤다. 아프다. 하지만 무릎만 다친 거라 다행이었다. 아프지만 최대한 예쁜 얼굴을 보여주고 싶다. 보여줄 수 있을지 모르겠지만…….

기억하고 있을지 모르지만, 꼭 이뤄줄 거라 믿는다. 손가락 걸고 약속했으니까. 도장 찍고 복사까지 했으니까.

나는 지금 죽으러 가는 게 아니다. 나를 죽이러 가는 것이다. 이 둘은 전혀 다르다.

나를 죽이기 전까지는 죽고 싶지 않다. 내일까지는… 내일까지는 어떻게든 버텨볼 수 있지 않을까. 저번처럼 눈앞에서 쓰러지면 깜짝 놀랄 거야.

아까부터 생각 정리가 안 되지만, 그래도 내 진심이 그렇다. 행복해지고 싶으니까 가는 거다. 마지막 한 번, 1초든, 한순간이든. 춥고 괴롭고 아프고 힘들어도, 너무 무서워도 가는 거다. 사실은 그냥 보고 싶을 뿐일지도 모르지만.

*

때아닌 태풍주의보가 내려졌던 그날.

그날이 '그날'임을 나쓰키가 깨달은 건, 일정 어플에서 알람이 울렸기 때문이다. 시간은 오후 4시. 여느 때 같으면 학교를 마친 나쓰키가 집으로 돌아가는 시간대였다.

나쓰키는 집으로 가는 길에 갑자기 날씨가 악화되어 바닷가 버스 정류장에 자전거를 세우고 비를 잠시 피하던 중이었다.

"나쓰키… 전화 좀 받아……."

가방 속에서 낮잠을 자던 로코가 꼬리만 내밀고 귀찮다는 듯이 흔들며 말했다. 남이 끄는 자전거에 무임승차해놓고선 말이 많다. 그리고 전화가 아니라 알람이었다.

저장해둔 것조차 잊고 있던 일정. 오늘은 사자자리 유성군의 최대 관측일이었다.

"오늘이구나……."

저장해둘 때만 해도 멀게만 느껴졌는데, 눈 깜짝할 사

이 그날이 된 것 같았다. 다만 그 눈 깜짝할 사이에 벌어진 일들이 오늘을 무의미한 것으로 바꿔버렸다.

함께 유성군을 보러 가자고 했던 사라사와의 약속은 이루어질 수 없다.

버스 정류장 지붕 밑에서 힐끗 보니 검은 구름이 하늘을 뒤덮고 있어 쇼난의 바다마저 탁해 보였다. 아까보다 훨씬 거세진 비가 도로에 웅덩이를 만들고 있었다. 하기야 어찌 되든 이제는 상관없는 일이었다. 일정을 삭제하려던 찰나,

"아."

나쓰키의 손끝이 휴대전화에 닿자마자 전화가 왔다. 나쓰키는 반사적으로 통화 버튼을 눌렀다.

"여보세요, 마리야군…?"

귀에 익은 목소리였다. 하츠미 이오리. 하지만 그녀의 목소리는 평소보다 다급하고 초조해 보였다. 초조와 공포, 두 가지 감정이 전해지는 것 같았다.

"앗, 나쓰키! 사라사의 언니잖아!"

로코가 가방에서 뛰쳐나와 나쓰키의 어깨 위로 오르더니 휴대전화 가까이 귀를 밀어 넣었다. 전화 상대에게도 고양이 소리가 들렸을 것이다. 나쓰키는 등줄기를 타고

흐르는 땀을 느끼며 겨우 침을 삼키고 대답했다.

"네, 나쓰키입니다. 무슨 일… 있나요…?"

휴대전화를 부러트리기라도 할 것처럼 손에 꼭 쥐고, 겨우 쥐어짜낸 목소리로 말했다.

"마리야군, 혹시 사라사랑 같이 있어…?"

이오리의 질문은 마치 매달리는 것처럼 들렸다. 잘 모르겠다. 나쓰키의 귀에는 빗소리만 요란하게 느껴졌다.

"그게 무슨 말이에요? 사라사는 입원한 거 아닌가요?"

"…검진을 받고 나서 사라져버렸어. 병원 안을 다 찾아봐도 없어. 겉옷이랑 지갑도 가지고 나간 것 같아."

이오리는 초조함과 두려움을 억누르고 최대한 냉정하게 이야기했다. 숨을 쉴 수 없을 만큼 가슴이 조여왔다. 심장박동은 점점 요란해졌다. 쿵쾅쿵쾅 불길하고 불쾌한 리듬이 몸속을 가득 채워 소름이 돋았다.

"사라졌다는 말씀이세요?"

"그런 것 같아. 도저히 그럴 수 있는 몸이 아닌데…!"

사라사를 마지막으로 본 게 언제였지? 마지막으로 봤을 때도 사라사는 금방이라도 쓰러질 것 같았는데… 지금은 그보다 더 안 좋을 텐데…….

손은 땀으로 흥건해 휴대전화를 떨어트릴 것 같았다.

뿌옇게 흐린 시야와 질척한 땅. 이런 날씨에 사라사가 어딘가를 헤매고 있다고 생각하니 온몸의 피가 차갑게 식는 느낌이었다.

"정신 차려! 나쓰키!"

로코의 호통에 나쓰키는 간신히 통화를 이어갔다.

"그래서 사라사는 괜찮은 건가요…?"

바보 같은 질문이다. 괜찮을 리가 없다는 걸 알고 있는데 이 말밖에 생각나지 않았다.

"…솔직히 말하면, 꽤 위중한 상태야. 혹시 마리야 군에게 간 건 아니지?"

"아뇨, 저한테는 아무런…….."

"그밖에 뭔가 짚이는 게 없을까?"

이오리가 물었다. 나쓰키는 고개를 젓다가 곧 깨달았다. 짚이는 게 있기는 했다. 오늘은…….

제발. 아니길 기도했다.

"마리야 군?"

이오리의 물음에 나쓰키는 대답하지 않았다.

"…아니야."

나쓰키는 머릿속에 떠오른 한 가지 의문을 계속해서 부정했지만, 어쩌면… 어쩌면 사라사는… 정말 그 약속을 지키러 갔을지도 모른다. 사라사이기 때문에. 사라사는 나쓰키를 위한 거짓말을 제외하곤 한 번도 거짓말을 한 적이 없으니까. 그런 그녀는, 어설픈 거짓말쟁이 마법사와의 약속을 어떻게 받아들이고 있었을까.

"무슨 일이야? 마리야 군⋯!"

나쓰키는 생각했다. 어떻게 해야 할까? 아니, 생각할 것도 없었다. 사라사는 아마 거기에 있을 거라고 대답하면 그만이었다. 경찰이 대신 움직일 수도 있고, 이런 날씨를 생각하면 수색대가 출동해도 이상하지 않았다. 사라사의 상태를 생각하면 한시라도 빨리 찾아야 했다.

"죄송합니다. 사라사는 어쩌면⋯⋯."

나쓰키는 말을 끝맺을 수 없었다. 어깨에 올라탄 채 통화를 듣고 있던 로코가 휴대전화를 쳐서 떨어트렸기 때문이다.

"무슨 짓이야, 로코!"

"그건 내가 할 말이야!"

바닥으로 나뒹군 휴대전화로 달려들어 통화를 끊은 로코는 나쓰키를 노려보았다. 물에 젖는 걸 가장 싫어하는 로코가 비를 맞으면서도 이런 짓을 한 것이다.

"야! 너 지금 무슨 상황인지 알기나 해?"

"너야말로 제대로 알긴 하는 거야?"

"사라사가 사라졌다잖아! 그것도 오늘 같은 날! 그런 몸으로! 만약 전망대에 가 있으면…!"

"가 있으면 어떻게 하냐고? 넌 바보냐?"

로코는 검은 털을 곤두세우며 날카롭게 내뱉었다.

"빨리 사라사를 구해야지! 로코, 너 왜 그러는 거야!"

나쓰키는 이렇게 화를 내는 로코를 본 적이 없었다. 그래서 당황스러웠다. 그런데 그 순간, 로코가 달려들어 나쓰키의 볼을 쳤다. 로코의 발톱 자국이 남을 정도로 강력한 펀치였다. 예상도 못했던 상황에 나쓰키는 뒤로 넘어져 엉덩방아를 찧고 말았다.

"잘 생각해봐! 이렇게 진짜 그냥 사라사를 돌려보낼 거야?"

안 그래도 초조한데 로코가 자꾸 다그치자 나쓰키는 분노가 치밀어 올랐다.

"넌 참견하지 마! 이 멍청한 고양이야!"

"나는 그냥 고양이가 아니야! 심부름꾼이라고!"

"그냥 고양이보다 못하지! 주인을 때리는 심부름꾼이 어디 있어?"

"진정한 충신은 어리석은 주군에게 직언을 하는 법이

라고!"

"뭐? 이…!"

"사라사가 너였다면, 지금 사라사는 네 곁에 있었을 거야!"

벌렁 드러누운 나쓰키의 얼굴 위에 올라탄 로코는 울먹거렸다.

"사라사가 있는 곳을 알려준다면 사라사가 당장은 무사할 수 있겠지! 그리고 다시 병원으로 끌려가 죽을 때까지 거기서 지낼 거야! 아니, 어쩌면 전망대에 누군가 도착했을 때는 이미… 사라사는 죽었을지도 몰라!"

로코가 흐느끼며 하는 말에 나쓰키는 아무 대답도 할 수 없었다.

만약 사라사가 그곳으로 향했다면, 그건 무엇 때문일까? 얼마 남지 않은 목숨을 지키기 위해 행복도 평범한 일상도 포기했던 그녀가 그곳으로 향한 이유는… 무엇일까?

"……."

약속했다. 같이 유성군을 보러 가자고. 그때는 기필코 필살기를 준비해서 웃게 해주겠다고. 그리고 그날이 바로 오늘이었다. 33년 만에 볼 수 있는 사자자리 유성군을 함께 보기로 약속한 날.

"하지만······."

나쓰키는 일어설 수 없었다. 일어설 힘이 나지 않았다. 로코는 그런 나쓰키를 보고 그의 몸 위에서 조용히 내려 갔다.

"나는 지금 처음으로 신사로서의 맹세를 깨트린다."

로코는 자신의 목에 달린 빨간 리본을 풀었다. 그리고 그것을 나쓰키에게 건넸다.

"받아."

나쓰키는 리본을 집어 들었다. 이 리본은 심부름꾼인 로코의 마력에 의해 몇 가지 효과를 발휘할 수 있었다.

"이걸······."

어떻게 하라는 거야? 라고 말하려던 순간, 빛나는 리본 을 통해 나쓰키의 머릿속으로 몇 가지 광경이 차례차례 스쳐갔다. 사라사와 자주 만났던 나무 그늘 아래 벤치. 거 기에는 사라사와 로코가 있었다.

"나는 곧 죽어."

"나는 어차피 죽으니까, 죽음을 잠시 늦출 바에야 한 번이 라도 마음껏 웃어보고 싶었어. 행복하다는 게 어떤 건지 궁금 했어. 그래서 평범하게 지내기로 한 거야."

"나쓰키를 만나서, 여러 가지를 배웠어. 맛있었고 재밌었어. 어쩌면 웃을 수 있을지도 모른다고 생각할 만큼.『세계의 폭소 개그 100선』보다 훨씬 재밌었어."

"아주 잠깐이라도, 빛날 수 있으면 좋겠어. 별똥별처럼."

나쓰키는 숨을 들이켰다. 듣기 좋은 목소리, 애틋하고 그리운 사라사의 목소리. 거기에는 덧없지만 강한 마음이 담겨 있었다. 그리고 그 목소리가 나쓰키의 마음속 깊은 곳에 잠겨 있던 기억을 되살렸다.

사라사는『세계의 폭소 개그 100선』책에 구멍이라도 뚫을 기세로 집중해서 읽고 있었다. 이따금 고개를 갸우뚱하고, 때로는 매우 진지하게 미간을 찌푸리면서 저런 장난스러운 책을 읽고 있었다.

새로운 것을 시작하고 싶다고 아르바이트 면접을 봤던 얘기를 해줬다. 손으로 입꼬리를 치켜들고 이상한 얼굴을 보이면서.

웃게 해주겠다는 나쓰키에게 기다리겠다고 대답해주었다. 옷자락을 잡은 채로. 아, 그녀 나름대로 매달렸던 걸지도 모르겠다.

사라사는 말했다. 밤하늘에 빛나는 별은 영원하기 때

문에 좋다고. 하지만 이런 말도 했었다. 별똥별은 한순간만 빛나기 때문에 더 좋다고.

나쓰키의 눈꺼풀이 뜨거워졌다. 사라사를 웃게 해주고 싶다고 생각했다. 무언가를 그렇게 간절하게 바란 적은 처음이었다. 어린 시절 모두에게 따돌림당한 이후부터 나쓰키는 모두가 좋아하는 친절한 사람이 되고자 노력해왔다. 하지만 사라사에 대한 감정은 그것과는 달랐다. 자신을 위해서가 아니라 오직 사라사를 위해, 그녀가 웃기를 바라게 됐다.

로코의 리본이 보여주는 광경이 바뀌었다. 아까와는 다른 날이었다.

"이대로라면 분명 약속한 날까지 살 수 없을 것 같아."

"나 학교 그만둘 거야. 이제 로코를 만날 수 없구나."

"죽기 전에, 단 한 번만이라도 행복을 느껴보고 싶어."

"이상한 말이라고 생각할지도 모르지만… 나쓰키가 날… 죽여줬으면 좋겠어."

정신을 차려보니 나쓰키는 리본을 세게 움켜쥐고 있었다. 아까부터 흐르는 눈물은 닦아도 닦아도 계속해서 흘러내렸다. 자신이 방황하는 동안 로코가 자신을 대신해 사라사의 이야기를 들어주고 있었다고 생각하니, 우물쭈물대다 도망이나 치려고 했던 자신을 한 대 치고 싶었다.

갑자기 할머니 말씀이 생각났다. 모든 생명은 언젠가는 사라진다. 그 시간이 내일이든 한 시간 후든 결국 죽는다는 사실은 변하지 않는다. 속절없이 외롭고 힘들어도 별자리를 이루는 별들의 시간에 비하면 별똥별이 떨어지는 한순간과도 같다.

찰나의 순간만 빛나지만, 힘껏 반짝이는 별똥별은 아름답다. 자신을 불태우며 찬란하게 빛나는 별똥별은, 그래서 아름답다.

"나는……."

나쓰키는 로코의 머리를 쓰다듬으며 몸을 일으켰다. 사라사를 이대로 이렇게 보낼 수는 없다. 이제야 깨달았다.

한 번도 웃지 못한 사라사가 죽어가고 있다. 그녀에게 그런 결말을 안길 수는 없다.

누군가를 웃게 만드는 것이 마법사의 일이다. 운명이란 말은 좋아하지 않지만, 그래도 웃을 수 없는 소녀와 자신이 만난 것은 분명 어떤 의미가 있을 것이다. 설령 그 만남이 그녀를 죽이기 위해서라고 해도.

"사라사에게 가야겠어. 로코티아카, 준비됐지?"

"분부대로!"

고개를 숙이고 있던 심부름꾼은 즉각 대답하고 뛰어올라 자전거 위로 안착했다.

비는 여전히 쏟아지고 있었다. 이런 상황에서는 버스도 믿을 수 없었다. 나쓰키는 자전거를 타고 억수같이 내리는 빗속으로 빠르게 발을 굴렀다.

지금 내가 열망하는 단 한 가지는 한 사람의 미소다.

마법은 누군가의 미소를 바라는 마음이 강할수록 그 힘을 더한다고 한다. 지금의 자신이라면 분명 할 수 있을 것이다.

'나는 오늘 오직 단 한 사람만을 위한 마법사가 될 거야.'

나쓰키는 빗속을 달리며 다짐했다.

*

우비를 입고 있었지만 내리치는 비를 보니 우비로는 턱도 없을 것 같았다. 그래도 어쩔 수 없어 나쓰키는 시가지를 가로질러 산 쪽으로 자전거를 몰았다. 나쓰키는 운동선수가 아니었지만 지금은 경륜 선수 수준의 속도를 내고 있었다. 마법의 힘이었다.

"하아… 하아…!"

"나쓰키! 힘내!"

가방은 물을 먹고 무거워져서 중간에 버렸다. 나쓰키의 품에 안긴 로코는 필사적으로 나쓰키를 응원하고 있었다.

밤이 깊어지면서 비바람은 더욱 강해졌다. 쇼난다이라의 오르막길도 지금의 나쓰키라면 분명 금방 오를 수 있을 것 같았지만, 고갯길로 접어들자 다리가 후들거리고 숨쉬기도 힘들어졌다. 내리는 비를 그대로 맞은 탓에 체온은 뚝 떨어져갔다. 마법을 무리해서 사용해서 그런지 머리도 지끈지끈 아파왔다. 하지만 그래도 나쓰키는 멈추지 않았다.

"오, 나쓰키! 저기 봐!"

품에서 고개를 내민 로코가 외쳤다. 로코가 가리킨 쪽에는 우비를 입은 사람이 여럿 서 있었다. 통행금지 표지판과 순찰차, 경찰관도 보였다.

"멈추세요!"

경찰관 한 명이 신호봉을 흔들며 나쓰키의 앞을 가로막았다. 급히 정지하느라 나쓰키의 자전거가 젖은 노면 위를 미끄러졌고 나쓰키는 중심을 잃고 넘어졌다.

"으악! 얘야, 얘야 괜찮니?"

고갯길에 넘어진 나쓰키 주변으로 사람들이 모여들었다. 나쓰키는 절뚝거리며 일어나 쓰러진 자전거를 일으키려고 했다.

"잠깐! 이런 날씨에 자전거까지 타고 와서 뭐 하는 거야! 산사태의 위험이 있어서 이곳은 통행금지라고!"

"하아… 저 안에 친구가 있어요. 들어가야 해요…….."

"안쪽은 이미 다 확인해봤어, 아무도 없었고."

아무도 없다니. 그럴 리가 없었다. 사라사가 했던 말이 생각났다. 비밀 장소에 숨어 있다가 사람들이 사라지면 나와서 별을 봤다고. 아마도 경찰은 안에 있는 사라사를 찾지 못한 것 같았다.

"놔주세요! 들어가야 한다고요!"

들어가려고 하는 나쓰키 앞을 경찰관이 막아섰다. 지금은 이들에게 설명할 시간도 없고 설명해도 이해하지 못할 것이다. 나쓰키는 지금 사랑하는 여자를 죽이기 위해 달리고 있다.

나쓰키를 막으려 경찰관 몇 명이 더 달려들었다. 나쓰키의 품에서 뛰쳐나와 로코가 도왔지만 건장한 경찰관들을 이길 수는 없었다. 마법도 생각해봤지만 이런 상황에서 쓸 수 있는 마법까진 미처 배우지 못했다. 이젠… 아무것도 할 수가 없는 걸까. 그래도 여기서 포기할 수는 없었다… 나는 다쳐도 되고 나중에 체포되도 상관없지만, 지금은… 지금만은…….

그 순간, 나쓰키의 귀에 엔진 소리가 들렸다. 그리고 그 소리와 함께 어둠을 뚫고 눈부신 빛이 비쳤다.

갑자기 나타난 빛에 당황하는 경찰관들의 모습 뒤로 나타난 것은, 맹렬한 속도로 돌진해 달려오는 스포츠카였다. 헤드라이트의 불빛이 마치 어둠 속 빗줄기를 가르는 길처럼 보였다. 차종은 페라리. 낯익었다.

마녀는 통행금지 팻말 바로 앞에서 차를 돌리고는 우아하게 내렸다.

"허허… 꽤 시끌벅적 하구나, 나쓰키."

"할머니… 여긴 어떻게…?"

"오늘은 유성이 흐르는 밤이니 네가 여기로 올 줄 알았지. 게다가 강한 마력이 이쪽으로 향하는 걸 보고 확신했고. 이래봬도 내가 마녀라니까."

할머니는 싱긋 웃었다.

"나쓰키, 결정한 거니?"

할머니는 진지한 얼굴로 물었다. 나쓰키는 아무 말 없

이 고개를 끄덕였다.

"좋아, 그럼 조금만 도와줘볼까?"

할머니는 슬픔과 기쁨이 뒤섞인 얼굴로 나쓰키에게 말한 뒤 오른손을 높이 들었다. 그녀의 손끝으로 마력이 깃든 게 보였다. 동시에 할머니는 가죽점퍼 가슴께에 달린 주머니에서 선글라스를 꺼내 썼다. 비바람이 몰아치는 야밤의 고갯길에서. 나쓰키는 앞으로 일어날 일을 예상한 듯 눈을 꼭 감았다. 아마 로코도 그랬을 것이다.

할머니가 손가락을 튕기는 소리가 울렸다.

번쩍.

동시에 강한 빛의 온기가 주위를 채웠다. 위대한 마녀의 마법은 지금 여기서 절대적인 효력을 발휘했다. 여기저기서 비명이 터져 나왔다. 눈을 뜨고 있었다면 잠시나마 아무것도 안 보일것이다.

빛이 약해져가는 것을 느끼고 나서야 나쓰키는 눈을 떴다. 그리고 자전거에 걸터앉아 할머니를 돌아봤다. 그녀는 몸이 축 늘어진 로코를 안고 있었다.

"꽤 터프하구나. 나쁘지 않네, 나쓰키. 파도를 타기 직전의 그 사람을 쏙 빼닮았어."

할머니는 아주 가끔, 서핑 애호가였다는 돌아가신 할

아버지에 대해 얘기했다.

"고마워요, 할머니."

"가거라."

나쓰키는 마녀의 격려를 등에 업고 고개를 달리기 시작했다. 이제 그 누구도 나쓰키를 멈추게 할 수 없었다.

좁은 산길을 무작정 주파했다. 소리를 지르기도 하고 기합을 넣기도 하며 산꼭대기 부근의 공원 광장에 겨우 도착했다. 다만 전에 왔을 때와는 뭔가가 좀 달랐다. 태풍 때문에 정전된 곳이 있는지 야경도 밝지 않았고 하늘은 두꺼운 구름으로 뒤덮여 있었다. 근처 가로등도 꺼져 있어 캄캄했다. 물론 인적은 없었다. 하지만 나쓰키는 확신하고 목소리를 높였다.

"사라사!"

그리고 그때, 전망대 안에서 무언가가 번쩍했다. 손전등 빛 같은 무언가. 그 외엔 아무것도 보이지 않았지만 나쓰키는 알 수 있었다. 나쓰키는 그 빛이 보인 곳까지 달렸다.

사라사였다. 사라사의 얼굴은 평소처럼 무표정했다. 하지만 그 무표정 안에서도 아주 살짝, 어떤 감정이 느껴졌다.

늦지 않았다. 나쓰키는 사라사를 다시 만날 수 있었다.

*

그때와 마찬가지로 나쓰키의 오른쪽에는 사라사가 있었다. 전망대 바닥에 털썩 앉은 그녀는 다행히 비에 젖지는 않았다. 전망대 지붕이 가려주기도 했고, 그녀가 왔을 때는 비가 그렇게 거세지 않았을 것이다.

비바람은 약해지고 있는 것 같았다. 어쩌면 태풍의 눈이 가까워진 건지도 몰랐다. 나쓰키는 목소리가 나오지 않았다. 그토록 만나고 싶었는데, 하고 싶은 말이 너무 많아서 도리어 아무 말도 할 수 없었다.

"…나쓰키, 상처투성이야."

먼저 입을 연 것은 사라사였다. 나쓰키는 언제나 그녀에게 그랬던 것처럼 미소를 지으며 대답했다.

"오다가 넘어져서… 비가 이렇게 많이 올 줄은 몰랐네. 버스까지 운행을 멈출 정도더라. 근데 대단하지 않아? 나 경륜에 재능이 있을지도 몰라."

"응. 나쓰키는 이것저것 다 잘하니까."

"사라사는 여기까지 어떻게 왔어?"

"그땐 버스가 있었고, 와서 전망대 안에 숨어 있었어."

"그럴 줄 알았어."

"와줘서 기뻐. 내 맘대로 기다린 건데."

"당연히 와야지. 약속했잖아."

둘은 최근에 있었던 좋은 일이나 전에 읽었던 책 이야기 같은 평범한 대화를 했다. 마치 이들을 둘러싼 특별한 사건 같은 건 아무것도 없는 것처럼. 이런 이야기라면 언제까지나 계속할 수 있을 것 같았고, 이 시간이 끝없이 이어지면 좋겠다고 나쓰키는 생각했다.

"…사라사."

하지만 그럴 수는 없었다. 아무렇지 않은 척 이야기하고 있었지만 사라사의 안색은 창백했고, 목소리 역시 미세하게 떨리며 그녀가 한계에 도달했음을 알려주고 있었다. 사라지기 전에 발하는 마지막 반짝임 같았다.

한동안 연락이 닿지 않았던 것에 대해 사라사는 아무 말도 하지 않았다. 나쓰키도 감히 묻지 않았다. 그런 건 이제 아무래도 좋았다.

"우리 약속 기억나?"

나쓰키가 일어나 손을 내밀며 말하자 사라사는 당황했다. 그녀의 시선이 힐끗 하늘을 향했다. 지금은 별똥별이 쏟아진다 해도 두꺼운 먹구름에 가려 아무것도 보이지 않으리라. 그럼에도 사라사가 여기 온 것은 이제 자신에게 남은 시간이 얼마 없음을 느꼈기 때문이었다. 그리고 아마, 나쓰키가 와줄 거라고 믿었기 때문이었다.

그러니까 반드시 보여주겠다고, 나쓰키는 생각했다.

"괜찮아. 이쪽으로 와."

조심스럽게 내민 사라사의 손을 잡은 채로 나쓰키는 하늘을 올려다보았다.

"별이 보일 거야."

그러면서 사라사의 옆모습을 바라보았다. 그녀는 손을 맞잡고 대답했다.

"그 신기한 힘을 쓰는 거지?"

"…알고 있었구나?"

"응, 알고 있었어."

놀랐다. 잘 속이고 있다고 생각했는데 언제부터 눈치챈 걸까. 하지만 총명한 그녀를 생각하면 들킨 것도 별로 이상하지 않다. 어떻게 보면 차라리 들키는 게 나은 것 같기도 했다. 나쓰키가 어떤 사람이든 이 둘의 관계는 변하지 않는다. 사라사는 마법사인 자신을 따돌렸던 그들과는 다르다.

"그렇구나. 이번 건 필살기야. 무조건 웃게 해줄게. 그러니 이 필살기를 사라사에게 선보이는 건 이번이 마지막이 될 거야."

나쓰키는 몸이 떨리는 것을 겨우 진정시키며 더듬더듬 말을 전했다. 자신의 오른손을 잡은 사라사의 악력이 살짝 더 세진 것을 느꼈다. 이 떨림이 자신 때문인지 사라사 때문인지 알 수 없었다. 지금 나쓰키가 한 말은, 사라사가 웃으면 어떤 결말을 맞을지 아는 사람만 할 수 있는 말이라는 걸, 그녀도 알았을 것이다.

"알고 있었구나."

"응, 알고 있었어."

찰나의 빛. 그리고 결연한 마음. 다른 사람들은 이해하지 못할지라도 우리는 그때를 함께 맞이하기로 했다.

"유학 간다고 큰맘 먹고 거짓말했는데."

"아하하, 너무 티 났어."

사라사는 원래 나쓰키와 함께 유성우를 본 뒤 나쓰키 앞에서 사라질 생각이었을 것이다. 이 폭풍 너머에는 별이 내리는 하늘이 있다. 별똥별이 소원을 들어준다면…….

제발, 웃는 얼굴로. 제발, 그녀가…….

끝까지 말하기에는 너무 슬픈 소원이었지만, 마음만은 진심이었다.

"사실 성공한 적은 없는데. 아마 오늘은 가능할 것 같아."

"응."

나쓰키는 왼손을 천천히 하늘로 치켜들었다. '아마'라고 말했지만 진심은 달랐다.

분명 할 수 있다. 사라사를 웃게 할 기회는 단 한 번뿐이다. 이 마음이 간절하고 진실되면 못할 리가 없었다. 목숨을 건 마음이, 거기에 응한 결의가 닿지 않을 리 없었다.

"나는 마법사니까."

나쓰키는 그렇게 말하며 손가락을 튕겼다. 마법의 힘이 손가락 끝에서 튕겨나가더니 맑고 푸른 빛이 쏟아졌다. 그 빛은 하늘로 올라가 두꺼운 구름을 감싸기 시작했다. 그 모습은 마치 오로라 같았다. 바람이 그치고 빗방울이 멎었다. 구름은 파도처럼 물러갔다.

그리고,

"우와……."

사라사가 작은 탄성을 질렀다. 사라사는 그 모습이 잘 보이는 곳까지 달려가 하늘을 바라보았다. 나쓰키도 그 뒤를 따라갔다.

나쓰키가 책에서 여러 번 읽었던 '폭풍을 없애고 맑은 밤을 만드는 마법'. 그것은 분명히 통했다. 밤하늘은 아주 작은 티끌조차 없었다. 남색 캔버스에 그려진 무수한 별빛. 사라사가 영원하다고 말한 별빛은 압도적인 영롱함을 발했다.

"사라사, 저기."

나쓰키가 가리킨 그곳에는 한 줄기 빛이 스치고 있었다. 빛이 하나, 또 하나. 그리고 순식간에 온 하늘을 뒤덮을 정도로 반짝거리는 빛이 보였다. 영원과는 거리가 먼, 단 한순간만 반짝이는 빛이었다.

밤하늘을 찬란하게 수놓는 유성우. 33년에 한 번 볼 수 있는 조용하고 아름다운 유성우. 그리고 그것을 올려다보는 사람의 옆모습은 나쓰키가 본 어떤 것보다도 강하고 깊은 울림이 있었다.

"우와."

"정말 멋있네."

적절한 단어가 생각나지 않았다. 하지만, 어떤 미사여구를 가져다 붙여도 이 눈부신 밤하늘을 정확하게 표현할 수는 없을 것이다. 그러니까 이걸로 됐다.

유성은 우주의 먼지가 지구 대기에 닿으면서 발생하는 플라스마 빛일 뿐이다. 그것은 별빛과 비교하면 더 짧은 한순간의 반짝임일 뿐이다. 그러나 찰나의 빛이라도 빛난다는 건 분명한 사실이었다.

"나쓰키."

무수한 유성이 흩날리는 밤하늘을 배경으로, 사라사의 표정에 변화가 생겼다. 그리고… 웃었다… 마치 어린아이처럼 눈동자를 반짝이고 입꼬리를 올린 채 해맑게, 사라사는 웃고 있었다.

미소를 지은 사라사는 눈이 부시도록 아름다웠다. 보는 사람까지 기분이 좋아지는 미소였다. 사라사가 가진 본연의 미소였을 것이다. 생애 단 한 번뿐인 미소…….

"사라사… 지금 네가 어떤 표정을 짓고 있는지 알아?"

나쓰키는 가슴속에 무언가가 뜨거운 것이 차오르는 것을 느끼며 물었다.

"응, 역시 나쓰키야. 챌린지 성공했네."

사라사는 쑥스러운 듯이 웃었다. 비로소 그 나이 또래의 여자아이로 보였다. 아주 예쁘고 매력적인 여자. 이렇게 예쁜 모습을 혼자 본 게 아쉬울 만큼.

"나 행복해."

사라사는 소중한 보물이라도 품은 것처럼 가슴에 손을 얹고 부드럽게 말했다. 그녀는 거짓말은 하지 않는다. 나쓰키는 그것을 누구보다도 알고 있다.

"아직 죽고 싶지 않아. 나쓰키와 좀 더 함께 있고 싶은데… 그래도 다행이라고 생각해. 그래도, 웃을 수 있었으니까."

사라사답지 않은, 아니, 사라사다운 건강하고 힘 있는 말이었다. 나쓰키는 가만히 사라사를 안았다.

"나쓰키."

"응?"

"만나서 행복했어……."

"…나도."

더는 아무 말도 할 수 없었다. 품 안에 있는 사라사는 지금도 웃고 있었고, 따뜻했다. 지금은, 아직은. 하지만 느껴졌다. 사라사의 몸이 점점 온기를 잃고 있는 것이. 품 안에서 전해지는 그녀의 심장소리가 약해져가는 것이.

그녀는 웃었고 행복하다고 말해주었다. 그 웃음과 그 행복이 그녀의 생명에 끝을 가져다줄 것을 알고 있었다.

'이제 사라사에게 내일은 오지 않을 거야.'

각오는 하고 있었다. 하지만…….

"아파… 나쓰키."

"……."

별이 내리는 밤, 품 안에서 소중한 사람의 불이 꺼져간다. 동시에 나쓰키의 몸에, 지금까지 없었던 강한 마법의 힘이 깃들었다.

"누군가를 웃게 해주고 싶다는 마음이 강할수록, 마법의 힘은 강해진단다."

할머니는 그렇게 말했었다. 그 순간, 힘을 잃어가는 사라사의 몸에서 빛이 새어 나와 나쓰키의 몸을 감쌌다. 마법의 빛이었다.

나쓰키는 거칠게 눈물을 닦고 심호흡했다. 마지막으로 사라사에게 전할 말이 있었다. 그때 말하지 못한 대답이었다. 비록 상대의 대답을 듣지 못하더라도, 그것이 이루어지지 않는다고 해도, 전해야만 했다.

순간의 빛. 유성 같은 반짝임. 찰나의 순간이라도 말해주고 싶었다.

"나도 네가 좋아. 계속 같이 있고 싶어."

막상 말로 전하기 시작하니 온몸의 긴장이 풀려 떨지 않고 전할 수 있었다. 지극히 당연하고 자연스러운 마음이니까.

안겨 있던 사라사가 나쓰키의 등에 손을 올렸다. 힘이 들어가는 게 느껴졌다.

"…응."

사라사는 마지막으로 그 한마디를 남긴 채 눈을 감았

다. 단 한 음이었지만, 수만 자의 연애편지 같은 대답이었다.

사라사의 몸에 있던 온기가 빠르게 식어갔다. 사라사의 팔이 툭 떨어졌다. 온몸에 힘이 빠진 그녀가 나쓰키의 품에 안겼다. 그 무게와 체온이 나쓰키에게 끝을 알렸다.

이것이 마리야 나쓰키가 웃지 않는 여자 하츠미 사라사를 죽이기까지의 이야기이다.

*

갑자기 폭풍이 걷히고 쏟아질 듯한 별들이 하늘을 메우자 로코는 짐작할 수 있었다.

"제시간에 갔구나. 나쓰키."

로코가 지금 앉아 있는 곳은 경애하는 릴리 마리야의 애마, 페라리의 보닛 위였다. 릴리 역시 차에 기대듯 서서 하늘을 올려다보고 있었다. 폭풍우에 젖어 있던 차체를 순식간에 말린 릴리의 마법은 역시 위대했지만 지금 이 순간만은, 오랫동안 함께한 주인이 이룬 마법 같은 광경에 사로잡히기로 했다.

"꽤 훌륭하군."

릴리도 그렇게 말하고 작게 휘파람을 불었다. 그녀가 나쓰키를 칭찬하는 것은 드문 일이어서 평소 같으면 로코도 크게 기뻐할 텐데, 지금은 그런 기분이 들지 않았다. 지금은 우선 아름답고 애틋한 이 광경을 지켜보기로 했다. 나쓰키 앞에서는 느긋하게 굴었지만, 로코 역시 사라사를 친구라고 생각하고 있었으니까. 이 별이 내리는 밤은 나쓰키가 사라사에게 준 마지막 선물일 테니까.

사라사는 마지막 순간 웃어줬을까. 그랬으면 좋겠다. 비록 그 결과가 영원한 이별이라고 해도.

"릴리 님, 사라사가… 웃었을까요?"

로코는 매달리듯 물었다. 그러지 않을 수 없었다.

"몰라, 그런 건."

릴리는 시원스럽게 대답했다. 위대한 마녀는 밤인데도 선글라스를 벗지 않아서 어떤 표정을 짓는지 알기 어려웠다.

"그렇지만 말이야."

풀이 죽은 로코의 머리를 릴리가 쓰다듬었다. 릴리는 입꼬리를 올리고 싱긋 웃었다.

"생명의 기운이 사라져가는 중에도 웃을 수 있었다면, 비록 그게 한 번뿐인 미소였다고 해도, 아니, 한 번뿐인 미소이기 때문에……."

릴리는 잠시 말을 끊었다. 하지만 로코는 릴리가 하려던 말이 무엇인지 알 것 같다.

"그 아이는 정말 행복했을 거야."

*

그리고 이것이 이어지는 새로운 이야기.

나쓰키는 두 가지 새로운 사실을 깨달았다. 품에 안은 온기가 전부 사라져버린 것 같았지만… 아주 옅지만 확실한 온기가 남아 있다는걸.

"이건…?"

희미한 빛이 사라사를 감싸듯 쏟아졌다. 마법의 빛이었다. 나쓰키가 손가락을 튕기지 않았는데도 만들어진 천연의 힘이었다. 지금까지 꾸준히 마법을 연마한 나쓰키도 느껴본 적 없는 파동이었다. 빛을 더해가는 마법의 힘에 의해, 품 안에서 느껴지는 사라사의 온기와 고동도 힘을 되찾아갔다.

쿵– 쿵–.

살아 있다. 사라사는 아직 살아 있다. 사라사의 몸이 그렇게 말하고 있었다. 밤공기는 차가웠지만 품 안에는 온기가 있었다.

쏟아지는 별똥별 속에서도 유난히 빛나는 한 줄기 빛이 떨어진 순간, 나쓰키의 마음에 누구의 것인지 모를 목소리가 들렸다.

마법사가 누군가를 진심으로 행복하게 하면, 이 세상엔 새로운 마법이 생겨난다. 나쓰키가 사라사를 위해 터득한 것은, 폭풍을 없애고 맑은 밤을 만드는 마법이었다. 이 마법을 만든 사람은, 100년도 더 전에 살았던 마녀이자 어느 천문학자의 아내였다고 한다.

마녀는 누구의 행복을 위해 이 마법을 만들었을까. 그녀가 만든 마법은 어쩌다 폭풍을 없앨 만큼의 강한 힘을 가지게 됐을까.

나쓰키는 이제야 이해했다. 그 마녀가 행복하게 해주려 했던 대상은 그녀의 남편이었다는걸. 두 사람은 함께 별을 보고 싶다는 소원을 빌었고, 그것을 이루기 위해 새로운 마법이 탄생한 것이다.

그렇다면 나쓰키와 사라사, 이 둘의 소원은 무엇이었을까. 그건 너무 자명하지만 결코 이루어질 수 없다는 걸 알기에 마지막에 내뱉은 기도와 비슷한 고백이었다.

"나쓰키…?"

목소리가 들렸다. 고요한 밤에 울리는 악기 같은 소리, 다시는 듣지 못할 거라 생각했던 목소리.

먹구름이 가신 맑은 밤 아래, 두 그림자가 가까워졌다. 마치 서로의 온기를 확인하듯이. 나쓰키는 눈을 뜬 그녀가 신기해 다시 한번 꽉 껴안았다. 그러자 사라사의 팔에도 힘이 실렸다. 나쓰키의 가슴팍이 따뜻한 무언가로 젖어갔다.

폭풍을 없애는 마법은 그 효과가 오래 가지 않는다. 별빛이 하늘을 수놓는 이 고요한 밤은 곧 사라질 것이다.

"조금만 더 이대로……."

조금만 더 이대로, 그녀가 좋아한다고 했던 유성우 아래에 함께 있자. 그리고 같이 돌아가자. 너무나도 소소하지만 이루어질 수 없었던 소원이, 이제는 현실이 되어 있다. 생애 한 번뿐인 마음, 단 한순간의 빛을 내기 위한 결의와 각오. 마지막 순간의 미소와 두 사람의 소원. 그 모든 것들이 이 세계에 새로운 마법을 만들어냈다.

에필로그

＊

　수많은 이들에게는 그저 폭풍우가 치던 밤이었을 그날 이후, 꽤 시간이 흘렀다. 나쓰키는 중앙도서관 앞 벤치에 앉아 『세계의 폭소 개그 100선』을 읽고 있었다. 알고 보니 이 책은 대학도서관에서도 빌릴 수 있어 굳이 7,500엔을 주고 사지 않더라도 이렇게 볼 수 있었다.

　"그날로부터 벌써 한 달이 지났네."

　나쓰키는 책을 덮으며 그렇게 말했다. 내일부터 겨울방학이 시작되어서 그런지, 하교하는 학생들은 어딘지 모르게 들떠 보였다.

　산책하고 오겠다던 로코는 아직 오지 않았다. 그런 면은 역시 고양이 같다고 생각했다.

　조금 전 후배인 고마쓰 유나로부터 학과 송년회에 오라는 연락을 받았다. 나쓰키는 잠시 고민하다 거절했다. 최근에는 동아리나 학과 행사에 참석하는 일도 상당히 줄었다. 자신의 본모습을 드러내도 친구를 사귈 수 있다는 걸 알았기 때문이다.

　요즘 차분해졌네, 라는 말을 들을 때도 있지만 나쓰키는 지금 이 모습이 자신의 본모습이라고 생각한다. 가끔 소소한 마법으로 우울한 사람을 웃게 하고, 때로는 농담도 한다. 그렇지만 예전만큼 사람들의 웃음에 목말라하지 않는다. 지인이 줄은 대신 친구는 늘었다. 그녀와 보낸 날들로 인해 일어난 변화였다.

그때의 그녀는 이제 없다. 계절이 가을에서 겨울로 바뀌면서, 옆에 있는 나무가 떨어트린 이파리처럼 사라져버렸다. 그 사실이 쓸쓸했지만, 그래도 인생은 계속된다…….

나쓰키는 덮었던 책을 다시 폈다. 영국식 농담을 몇 개 읽었다. 실소가 터질 뻔했지만 자신은 이보다 더 재밌는 농담을 할 수 있을 것 같았다.

책 위로 그림자가 비쳤다.

"미안, 늦었지?"

그녀는 숨을 헐떡이고 있었다. 달려왔을 것이다. 얼마 전, 서양사 강의에서 같은 조 사람과 친해졌다고 했는데, 그 친구와 이야기하느라 늦은 것 같았다.

"괜찮아. 나도 이거 읽고 있었으니까."

"어? 나쓰키도 이거 샀어?"

"도서관에서 빌렸어."

"앗, 내 7,500엔!"

"하하하."

나쓰키가 실없이 웃었다.

"이 농담 꽤 재밌지 않아?"

"나는 봐도 무슨 말인지 모르겠어."

"아, 이건 영국 요리에 대한 농담인데……."

나쓰키가 설명하자 그녀는 "아아! 그런거구나!" 하고 고개를 끄덕이며 작게 웃었다.

요즘 사라사는 그동안 잃어버렸던 시간을 되찾기라도 하듯, 함께 맛있는 음식을 먹으러 다니고 즐거운 이야기를 나누며 항상 미소를 머금고 있었다. 아직 조금 어색하긴 했지만 그래도 예전의 그녀 같으면 생각할 수도 없는 일이었다.

예전의 사라사는 이제 없다. 그날 밤 유성에게 빈 소원은 이루어졌다. 웃을 수 없었던 그녀는 나쓰키의 마법에 의해 죽었다.

"배고프다, 밥 먹으러 갈까? 뭐 먹을래?"

"나쓰키의 샌드위치…!"

"또?"

"또!"

나쓰키는 그녀에게 쓴웃음을 짓더니 나란히 걷기 시작했다. 도중에 로코가 합류해 나쓰키의 어깨 위로 올라타

자 사라사가 로코를 쓰다듬었다.

이런 시간은 분명 다음 주에도, 내년에도 계속될 거라 생각한다. 이것은 기적이다. 우리 앞에 나타난 행복한 기적.

그녀의 병을 고치는 마법 같은 건, 그때까지만 해도 존재하지 않았다. 할머니는 말했다. 누군가를 행복하게 해주고 싶은 마음, 누군가를 미소 짓게 해주고 싶은 마음. 그 마음이 강할수록 마법사의 힘은 강해진다고.

"마법사가 누군가를 진심으로 행복하게 해줄 때, 마치 보상처럼, 그는 새로운 마법의 힘을 얻을 수 있단다."

그때 얻을 수 있는 마법의 힘이 무엇인지, 할머니는 정확히 알려주지 않았다. 아마 먼저 알게 되면 순수한 마음이 퇴색될 거라고 판단한 것 같았다. 그리고 할머니의 그런 생각은 정답이었다. 만약 그런 힘이 있다는 걸 알았다면, 나쓰키는 그토록 순수하고 강한 마음을 가질 수 없었을 것이고, 기적에 이르지도 못했을 것이다.

별이 내리던 그날 밤, 사라사는 행복하다고 말했다. 계속 같이 있고 싶다고, 그렇게 얘기했었다. 이뤄지지 않을 것을 알면서도 진심으로 바랐다. 지금의 나쓰키는 알고 있다. 세상에 새로 생겨나는 마법은 두 사람이 함께 바라는 소원을 이뤄준다는 것을.

"으 춥다⋯⋯."

사라사가 목도리에 얼굴을 묻었다. 나쓰키는 그녀 몰래, 둘 주위의 공기를 따뜻하게 만들었다. 대마법 같은 게 아니었다. 주변 온도가 1℃ 정도 오르게 한, 작고 소소한 마법이었다.

그래도 상관없었다. 누군가의 미소를 바라는 마음이 마법의 근원이고, 그것을 사용하는 자가 마법사라고 불린다면 나쓰키는 당당히 말할 수 있다. 나는 허풍쟁이가 아니다. 반쪽짜리도 아니다.

마리야 나쓰키, 나는 마법사다.

부디 그녀가 죽을 수 있기를

© 2024, 기유나 토토

초판 인쇄 | 2024년 3월 8일
초판 발행 | 2024년 3월 18일

지 은 이 | 기유나 토토
옮 긴 이 | 박주아
펴 낸 이 | 서장혁
편　　집 | 원예지, 원수연
디 자 인 | 이새봄

펴 낸 곳 | 토마토출판사
주　　소 | 서울시 마포구 양화로161 케이스퀘어 727호
T E L | 1544-5383
홈페이지 | www.tomato4u.com
E-mail | story@tomato4u.com
등　　록 | 2012. 1. 11.
I S B N | 979-11-92603-53-7 (03830)